LE DANGER DE L'ALPHA

UNE ROMANCE DE LOUP MÉTAMORPHE BIKER

RENEE ROSE

LEE SAVINO

Traduction par
MARINA HAVEN

LE DANGER DE L'ALPHA

UNE ROMANCE DE LOUP MÉTAMORPHE BIKER

« TU AS ENFREINT LES RÈGLES, PETITE HUMAINE. TU M'APPARTIENS, DÉSORMAIS. »

Je suis un loup alpha, l'un des plus jeunes du pays. Je peux faire de n'importe quelle louve de la meute ma compagne. Alors, pourquoi est-ce que je tourne autour de la petite avocate humaine excitante qui habite la porte d'à côté ? Dès que j'ai senti l'odeur envoûtante d'Amber, mon loup a eu envie d'elle.

C'est une mauvaise idée de chercher à la connaître, mais je n'aime pas respecter les règles. Amber a beau jouer la fille bien sous tous rapports, elle a un secret, elle aussi. Elle ne veut pas de ses facultés extralucides, pourtant, elles sont un don.

Je sais que je devrais la laisser tranquille... Mais elle essaie de me résister, et ça ne me donne que plus envie de l'avoir. Quand elle apprend ce que je suis, elle ne peut plus m'échapper. Maintenant, elle fait partie de mon monde, que ça lui plaise ou non. J'ai besoin qu'elle utilise sa clairvoyance pour m'aider à retrouver ma sœur – et je ne la laisserai pas refuser.

Elle m'appartient, désormais.

PROLOGUE

 mber

QUE LE PROCÈS-VERBAL REFLÈTE : *les personnes sujettes aux visions feraient mieux d'éviter les aéroports bondés.*

Je fais rouler ma valise jusqu'au lavabo dans la salle de bains et regarde dans le miroir en me lavant les mains. Ma chevelure est toujours retenue en arrière en un chignon strict, mais mon mal de tête lancinant me donne l'air d'un monstre ; mes yeux sont injectés de sang et enfoncés dans leurs orbites, comme s'ils voulaient rentrer dans mon crâne pour s'éloigner de tout ça.

Parfait. Une migraine carabinée le jour de mon entretien d'embauche. Exactement ce qu'il me fallait.

J'utilise une serviette en papier pour sécher mes mains puis l'applique contre mes joues en étouffant un grognement.

Mais qu'est-ce qui m'a pris de venir ici en avion ? Mes

hallucinations ne se déclenchent jamais aussi efficacement que quand je suis entourée d'une foule. Tout à l'heure, un homme en costume s'est cogné contre moi, et un souvenir lui appartenant est apparu dans mon esprit : lui, au lit avec une femme. Il trompe son épouse.

J'ignore comment je le sais, mais c'est la vérité. Et je préfèrerais ne pas le savoir.

Je pourrais peut-être rester planquée dans la salle de bains jusqu'à l'heure de mon vol. Voilà un bon plan. Amber la folle, cachée dans les toilettes parce que des visions l'assaillent partout où elle va. Je me suis donné tout ce mal pour décrocher mon diplôme de droit, pour ça ?

Mon téléphone bipe. Dix heures quarante-deux. Encore quinze minutes avant l'embarquement, et cinq heures avant mon entretien. Je farfouille dans mon sac à la recherche d'ibuprofène. Le bruit des pilules qui roulent contre la paroi du tube me fait grimacer.

Que le procès-verbal reflète : *je dois penser à garder une grosse boîte d'antidouleurs dans mon sac en toutes circonstances.*

« Excusez-moi », dit une voix affable derrière moi. Une vieille femme me touche le dos pour prendre une serviette en papier dans le distributeur.

Je voudrais m'éloigner et éviter son contact, mais elle m'a coincée entre les lavabos et le distributeur de papier, empêche ma fuite. Je lève les yeux en plaquant un sourire poli sur mes lèvres.

Elle a une longue chevelure blanche, mais un visage étonnamment jeune, et de grands yeux bleus. « Depuis combien de temps pratiquez-vous les arts de l'intuition ? »

Je regarde par-dessus mon épaule, même si je sais déjà qu'il n'y a personne derrière moi. Mais elle ne peut pas être en train de s'adresser à moi, si ? « Je vous demande pardon ? »

Elle me touche toujours, ses doigts sont à présent posés légèrement sur ma manche. « Les arts de l'intuition ? Depuis combien de temps les pratiquez-vous ? »

Un frisson me traverse. « Je regrette, je ne vois pas de quoi vous voulez parler.

— Oh. » La femme semble confuse un instant, puis son expression redevient sereine. « Vous devriez vous y intéresser, ma chère. Vos migraines persisteront tant que vous ne le ferez pas. »

Ma vision se trouble, et les images hyperréalistes que je tentais de réprimer envahissent mon esprit. Une violente nausée me prend à la gorge. Je vois un homme très grand et musclé sur une plage, sourcils froncés, poings serrés. Puis un loup en train de gronder, enfermé dans une cage.

Je me force à souffler, puis j'inspire lentement en secouant la tête, comme si ça pouvait faire disparaître ces stupides visions. Je cligne des paupières et commence à nouveau à discerner ce qui m'entoure, les lavabos et les miroirs. La femme a disparu.

Je sors des toilettes en tirant ma valise et regarde autour de moi, à la recherche de la femme aux cheveux blancs, quand mes yeux se posent sur une horloge. Dix heures quarante-deux. Ce n'est pas possible.

Je vérifie sur mon téléphone, et vois le deux se transformer en trois. Il ne s'est presque pas écoulé de temps depuis que j'ai regardé l'heure dans les toilettes, mais je ne vois la femme nulle part.

Comment a-t-elle pu se volatiliser ?

CHAPITRE UN
TROIS ANS PLUS TARD

Amber

J'entre dans l'ascenseur et retiens la porte avec mon pied pour attendre le groupe qui approche.

« Merci. » Une voix grave résonne dans la petite cabine. Une grande main avec les différentes phases de la lune tatouées sur les phalanges se pose sur la porte. Elle appartient à un géant aux yeux bleus. Sous son T-shirt délavé et ses tatouages, il a une musculature digne de Conan le Barbare. Il pourrait probablement me manger au petit-déj' et avoir encore faim après.

Il est accompagné de deux hommes un peu plus jeunes, tout aussi baraqués que lui. Têtes rasées, des piercings partout, et encore plus de tatouages. Je dois me contrôler pour ne pas faire un bond en arrière.

Que font les Hell's Angels dans ma résidence ?

Ne montre pas ta peur. C'est la première chose que j'ai apprise au foyer. *Analyse le danger.* Une autre leçon issue du foyer, même si elle s'applique tout aussi bien à la salle d'audience.

Malgré mon mètre soixante, je me redresse. Tant pis si j'arrive à peine à la hauteur de l'épaule du plus petit des trois types. Moi aussi, je suis une dure à cuire. Je ne porte peut-être pas d'immenses écarteurs ou de piercing au sourcil – *aïe, tu parles de souffrir pour la mode* – mais mes chaussures ont des talons de dix centimètres. Elles me font un mal de chien, mais elles peuvent servir d'armes, si nécessaire.

« Vous rendez visite à quelqu'un ? » je demande d'une voix soupçonneuse. Je ne suis pourtant pas une pimbêche, mais quand ma sécurité est en jeu, je sors les griffes.

Le premier homme baisse les yeux vers moi, et un coin de sa bouche tressaille. « Non. »

Au moins, celui-là a l'air à peu près normal, mis à part sa très grande taille. Ce n'est pas Conan le Barbare ; ce type est plutôt le sosie craché de Thor, avec sa belle mâchoire carrée. D'habitude, les grands mecs musclés ne me font ni chaud ni froid, mais celui-ci a éveillé mon bas-ventre, et il picote agréablement.

Je me fais violence pour ne pas me demander comment ce serait de me faire déboîter par un homme comme lui. *Déboîter*, sérieusement ? Depuis quand ai-je envie de me faire déboîter ?

Les trois hommes entrent dans l'ascenseur, remplissent le petit espace. Trois voyous. Comme les Trois Stooges, mais avec plus de piercings et de tatouages. Il y a tellement de testostérone dans la cabine que je suis étonnée d'arriver encore à respirer.

La chaleur se rassemble entre mes cuisses.

Je me colle contre le mur en espérant que ces types n'ont pas de mauvaises intentions. Je ne veux pas les juger sans les connaître, mais je n'aurais jamais survécu à mon enfance si je ne restais pas sur mes gardes quand je repère une menace. Et ces types ont l'air menaçants. Leur présence me donne la chair de poule. Et, pas les nœuds au ventre qui accompagnent une véritable vision, mais un léger bourdonnement dans mes tempes qui ne peut signifier qu'une chose.

Le danger.

Je fixe le torse de Thor, les contours de ses muscles dessinés sous son T-shirt, et maudis mes tétons qui commencent à se dresser devant cette démonstration si évidente de virilité. Bon sang, qu'est-ce qui me prend ? Les hommes me font rarement de l'effet, mais on dirait que mes hormones ont choisi cet instant pour se réveiller. Et elles ont jeté leur dévolu sur ce biker macho. Il a probablement un casier judiciaire. Je pose une main sur ma hanche et lève le menton, attendant qu'il m'explique la raison de leur présence ici.

Il ne dit rien. Un des autres types a un petit sourire en coin.

Je pose machinalement une main tremblante sur ma nuque pour soulager la tension qui s'y concentre, puis masque ma réaction défensive en faisant mine de vérifier que ma coiffure est toujours impeccable avant d'appuyer sur le bouton du quatrième étage. « Quel étage ? je demande de ma voix d'avocate la plus assurée.

— Le même, répond Thor d'une voix traînante.

Ce sont des avances, ou des menaces ? Est-ce qu'ils me suivent ? Non, c'est idiot. Si c'était le cas, ils auraient pu m'agresser sur le parking. J'ai entendu leurs motos approcher, mais je n'aurais jamais imaginé que ces motards rentreraient dans mon immeuble.

Je sens que Thor me regarde, même si je refuse de rencontrer son regard. Je garde ma mallette devant moi, comme un bouclier, jusqu'à ce que l'ascenseur s'arrête et que les portes s'ouvrent.

Pitié, qu'ils n'en aient pas après moi. Paranoïa, ma vieille amie. Je sais que je n'ai aucune bonne raison d'avoir peur ; mais si j'ai emménagé dans une résidence au lieu d'acheter une maison, c'est pour me sentir en sécurité.

Tu ne te sentiras jamais en sécurité.

La main sur mon téléphone dans ma poche, j'attends que le groupe de bikers sorte en premier. Voyons s'ils ont vraiment quelque part où aller. Ils sortent de l'ascenseur, dépassent mon appartement et, *oh, non*, s'arrêtent à la porte voisine.

Non. *Ce n'est pas possible.* « Vous êtes mes voisins ? » Je n'habite ici que depuis quelques semaines, et je n'ai encore croisé personne. Cette résidence de grand standing se trouve en plein centre-ville et les loyers sont outranciers, même pour mon salaire. Sans vouloir être grossière, ces types affublés de T-shirts et de jeans déchirés n'ont pas l'air d'avoir les moyens d'habiter ici. À moins que ce ne soient des dealeurs. Ce qui serait vraiment ma veine.

« Il y a un problème ? demande Thor.

— Ah... Non. Pas du tout. » *Tant que tu n'organises pas des javas endiablées bruyantes avec des bikeuses sexy et des tonnes d'alcool.* Franchement, j'ai du mal à croire que ce ne soit pas déjà arrivé.

Je glisse ma clé dans la serrure en jetant un regard en coin pour voir s'ils entrent dans leur appartement. Voyou numéro deux, celui qui sourit, fait mine de plonger vers moi en grondant comme un chien enragé.

Je glapis et lâche ma mallette.

Voyou numéro trois éclate de rire.

« Arrêtez ça, lâche Thor en agrippant le T-shirt de celui qui a éclaté de rire et en le tirant en arrière. Pas besoin de lui faire peur. Elle y arrive très bien toute seule », ajoute-t-il en me regardant.

Les deux hommes entrent dans l'appartement en rica-nant. Je ramasse ma mallette. Une petite mèche de cheveux s'échappe de ma barrette. Je la repousse pour masquer mes joues écarlates. Fichus voyous. Ce qui m'agace le plus, c'est que ma main tremble. J'ai vingt-six ans. Je ne suis plus la petite fille qui se prostrait dans le coin d'une pièce.

J'ai l'impression d'avoir la tête serrée dans un étau, signe avant-coureur d'une vision imminente. Ça ne m'était pas arrivé depuis un moment, alors celle-là devrait être gratinée.

Super.

Le cœur battant à tout rompre, j'entre chez moi et me retourne pour fermer. Le bout d'une chaussure coquée se place dans l'entrebâillement de la porte et m'en empêche. Je lève les yeux vers Thor, et rencontre son regard d'un bleu saisissant. Le coin de ses yeux se plisse. Il me fait un demi-sourire engageant.

Je réprime un frisson.

« Je suis Garrett. » Il me tend sa grande main à travers la porte entrouverte.

Je la fixe pendant deux bonnes secondes avant que les bonnes manières ne prennent le pas sur ma peur. La chaleur de sa main enveloppe la mienne, et une décharge électrique remonte le long de mon bras. Une étrange impression de familiarité m'envahit – comme si ce type était un vieil ami, et que je l'avais oublié.

Je repousse cette impression de déjà-vu. Je dois tenir Amber la folle à distance.

« Pardon si Trey t'a fait peur. Je veillerai à ce que ça n'ar-rive plus. » Sa voix est profonde et veloutée, bien assortie à sa beauté un peu sauvage. Elle envoie de petites pulsations dans le creux de mon ventre. Il ne doit pas être beaucoup plus vieux que moi. Il a passé l'âge de s'habiller et se comporter comme un voyou. Même s'il le fait *à merveille*, avec son T-shirt délavé étiré sur ses pectoraux massifs, ses tatouages qui dépassent des manches et du col, et sa chevelure ébouriffée comme s'il venait de se lever. Mmmm.

Que le procès-verbal reflète : *les voyous tatoués mettent mes hormones à genoux.*

Je réprime ma libido, qui pointe son nez. Ce n'est pas le moment d'être excitée. Ce type passe probablement son temps à détrousser des petites vieilles avant de se rendre aux réunions de son gang de bikers.

« Est-ce que... » Je m'éclaircis la gorge pour essayer de prendre un ton de conversation au lieu d'avoir l'air flippée. « Vous habitez ici tous les trois ?

— Ouais. Avec nous trois à côté, tu n'as rien à craindre. » Il me fait un sourire qui me coupe le souffle. Il a des fossettes marquées, et ses lèvres sont remarquablement charnues pour un homme aussi viril. À côté, Chris Hemsworth peut aller se rhabiller.

Rien à craindre. Mais oui, bien sûr. « Fantastique. Je me sens déjà plus rassurée. Vous voulez bien enlever votre pied, que je puisse fermer la porte ? » J'essaie de prendre un ton posé et calme, mais même à mes propres oreilles, j'ai l'air un peu pédante.

Il me fait un sourire tranquille, qui allume malheureusement un petit brasier entre mes cuisses. « Tu ne m'as pas dit comment tu t'appelles.

— Je sais », dis-je en fixant son pied.

Il fait un petit bruit désapprobateur, croise les bras et s'appuie contre le chambranle de la porte. « Écoute, princesse...

— Ne m'appelez pas *princesse.* »

Il hausse un sourcil. « Comment je t'appelle, alors ?

— Mademoiselle Drake. Amber Drake.

— Tu es prof, un truc comme ça ?

— Avocate. Et vous n'êtes pas loin de vous attirer un procès pour harcèlement. » C'est totalement faux. Ils n'ont rien fait de mal. En temps normal, je n'agite pas la menace de poursuites judiciaires à tout bout de champ, mais je veux rentrer chez moi avant d'avoir une vision. Je ne tiens pas à ce que mon nouveau voisin sexy sache que je suis dingue.

« On ne voulait pas t'effrayer.

— Vous ne m'effrayez pas, je réponds du tac au tac.

— Alors, pourquoi est-ce que tu t'accroches à ton collier de perles ? Depuis que tu nous as vus, on dirait que ton string te rentre dans les fesses. »

Oh seigneur, il parle de mon string. « Je ne porte pas de perles, je remarque avec ma voix d'avocate.

— Et un string ? »

Bon Dieu, à l'aide. La zone sensible couverte par le vêtement dont il parle se contracte. « Pas de commentaire. » Je tire sur la porte, mais son pied ne bouge pas.

Il lève les mains en signe de capitulation. « C'est une expression. Si tu en avais, tu serais en train de les serrer nerveusement. Les perles. »

À la place, je m'imagine en train de serrer nerveusement les fesses pendant qu'il déchire mon string avec ces belles dents blanches, et ma respiration s'affole. Pour masquer mon excitation en roue libre, je fronce les sourcils et recommence à tirer sur la porte.

« Écoute, mes amis sont sympas. Ils ont l'air un peu intimidants au départ, mais ce sont de vrais putains de boy scouts. »

Son choix de mots me fait grimacer. « Eh bien, monsieur... Garrett, vous devriez peut-être retourner aider des vieilles dames à traverser la rue. » *Ou retourner les agresser.* Je secoue la main devant son visage pour le congédier, mais il ne bouge pas.

« Je préférais t'inviter chez moi. » Il se penche vers moi, et sa chaleur m'englobe. Il y a bien longtemps qu'un tel canon ne m'a pas draguée ; à vrai dire, ce n'est peut-être même jamais arrivé. Son manque de subtilité me fait lever les yeux au ciel, mais je dois reconnaître que son franc-parler et son assurance me font de l'effet.

Non. Son invitation ne me tente pas le moins du monde.

Que le procès-verbal reflète : *j'ai besoin de me trouver un type gentil et normal et de flirter avec lui.* Et ne jamais, *jamais,* penser à aller frapper à la porte de mon voisin inquiétant et terriblement séduisant, uniquement vêtue d'un string minuscule et d'un collier de perles. Et peut-être de talons hauts.

Oh, bon Dieu.

« Sérieusement, reprend Garrett en baissant la voix jusqu'à ce qu'elle devienne un grondement grave qui me ravit. Viens boire une bière, faire connaissance. »

Amber l'avocate pourrait-elle se transformer en Amber la bikeuse ? Pendant un instant, je me vois non pas dans mon ensemble de costume chic, mais avec un jean moulant et un débardeur. Mes cheveux sont lâchés sur mes épaules, le soleil réchauffe mes joues, mon visage est levé vers le vent. Je m'accroche à Garrett lorsqu'il se penche pour prendre un virage avec la moto.

Je cligne des yeux. Est-ce que je viens d'avoir une vision ? Mes tempes battent légèrement, mais je ne sens pas de douleur.

« Alors, qu'en dis-tu, princesse ? » Garrett attend toujours ma réponse avec un regard amical. Une fille pourrait se perdre dans ces yeux bleus comme le ciel.

C'est trop dangereux.

« Non, merci.

— D'accord. Tant pis pour toi. » Il retire son pied.

Je tire un peu trop fort et lui claque involontairement la porte au nez. Comme une idiote, je pousse un petit cri de surprise. *Bon sang.* Je respire lentement pour essayer de calmer mon cœur. Quelque chose s'est déchaîné dans mon ventre ; il sursaute comme un ballon dont l'air s'échapperait.

Je tourne le verrou et colle mon oreille contre la porte pour écouter. Trois secondes s'écoulent avant que je n'entende des pas s'éloigner dans le couloir. Je me laisse aller contre le bois et pose la main sur mon front. Le léger martèlement a cessé.

Que le procès-verbal reflète : *je dois appeler le syndic de la résidence demain pour savoir qui sont ces types et si des plaintes ont déjà été enregistrées contre eux.*

Si ça se trouve, mon appartement s'est libéré parce que personne ne veut habiter au même étage qu'eux. En tout cas, moi, je n'en ai pas envie.

Du moins, c'est ce que je me répète.

« Je n'ai même pas de perles », je marmonne en enlevant mes chaussures. Je pose ma mallette sur la table puis appelle ma meilleure amie.

« Coucou, ma chérie », dit-elle en décrochant. Je suis peut-être normale et ennuyeuse – du moins, j'essaie – mais ma BFF est cool. Sa mère était une hippie ; c'est pour ça qu'elle possède un nom incroyable.

« Salut, Foxfire, comment ça va ?

— J'essaie de m'occuper... Tu sais, de ne pas y penser. » Foxfire a surpris son petit ami au lit avec une autre fille le weekend dernier, et l'a mis dehors. Elle a très bien fait, mais les séparations ne sont jamais faciles. Je me suis portée volontaire pour être sa compère et sa coordinatrice d'activités jusqu'à ce qu'elle ne risque plus de craquer et de rappeler son ex.

« Tu veux passer à la maison ? On pourrait se caler devant Netflix. » J'ai envie de regarder la télévision pour m'abrutir l'esprit ce soir. Rien de tel que des émissions de télé-réalité insipides pour tenir les visions à distance. Si seulement elles pouvaient aussi m'éviter les migraines...

« Non, merci », soupire Foxfire.

Je sens qu'elle n'a pas le moral, alors je lance sans réfléchir : « Tu sais ce qu'on devrait faire ?

— Quoi ?

— Sortir danser demain soir. Les Morphs jouent dans ce club, l'Éclipse.

— Je ne sais pas. Je ne suis pas trop en forme.

— Tu plaisantes ? Tu adores ce groupe. Tu me répètes tout le temps qu'il faut le voir en concert. » D'ordinaire, j'évite les clubs, bars et autres établissements bruyants comme si ma santé mentale en dépendait. Ce qui, à cause de ma tendance à avoir des visions dans ces environnements, est peut-être vrai. *Foxfire, j'espère que tu te rends compte de ce que je fais pour toi.* Je prends une grande inspiration et mens comme un arracheur de dents : « Allez, j'ai vraiment envie de sortir.

— Toi ? Tu détestes ça. Je dois te forcer à m'accompagner, d'habitude.

— Hum, c'est vrai. Mais ça me manque vraiment. Je sais que tu n'as pas envie de faire la fête, mais l'important, c'est de sortir et de voir du monde. » J'emploie l'argument qu'elle m'a servi si souvent. « Je parie que tu te feras draguer par des tonnes de mecs. »

Foxfire soupire, sceptique. « Ça m'étonnerait. Mais je boirais bien un Cosmo.

— Moi aussi. » C'est mon tour de soupirer.

« Et toi, quoi de neuf ? Tu travailles beaucoup, ces temps-ci.

— Ouais, on a été bien occupés au centre.

— Beaucoup de nouveaux gamins confiés aux services de la protection de l'enfance ? » La gentillesse dans la voix de Foxfire détend mes épaules nouées.

« Quelques-uns.

— En tout cas, je sais que tu les aides autant que tu peux. Tu redores presque le blason des avocats.

— Je ne sais pas si c'est vrai, mais aider ces enfants est nécessaire. Bon Dieu, la plupart d'entre eux ont eu des vies atroces. Ils méritent qu'au moins une personne s'intéresse à eux, les représente et défende leurs intérêts. » Je prends l'éponge près de l'évier et essuie le comptoir, même s'il est déjà propre. « Et puis... Je viens de faire la connaissance de mes voisins.

— Ah oui ? demande Foxfire en prenant un ton suggestif.

— Non, pas comme ça. Ce sont des types flippants. » Je me remémore les yeux bleus de Garrett et sa fossette sur la joue quand il sourit. Bon, il n'est peut-être pas si flippant. Mais il m'a incontestablement troublée ; depuis, je me sens un peu à côté de la plaque. « Je ne sais pas. Je n'ai pas réussi à savoir s'il voulait m'effrayer ou me draguer.

— À t'entendre, on dirait qu'un de ces mecs t'intéresse.

— Non, pas du tout. » *Quel mensonge éhonté.* Ma main picote là où Garrett l'a touchée. Un homme comme lui est assez musclé pour qu'on puisse grimper dessus comme sur un espalier. Me laisserait-il être au-dessus ? Oh, bon Dieu. *Arrête de rêvasser, Amber !*

Je ne veux pas coucher avec lui. Même s'il est probablement très doué. Mais être doué au lit ne signifie pas être un bon voisin. Une image surgit spontanément dans mon esprit : je me vois en train de participer à une de leurs fêtes folles, vêtue d'un string et d'un collier de perles.

Stop.

« Ils sont mignons ? » Je peux toujours compter sur Foxfire pour lire entre les lignes.

J'ai beau être seule dans mon appartement, je sens mes joues chauffer et laisse échapper un petit rire gêné. « Hum... ouais. L'un d'entre eux l'était – enfin, l'est – peu importe. Mais il n'est pas mon style. Vraiment pas mon genre. »

~.~

Garrett

Je lève ma paume jusqu'à mon nez et hume les traces du parfum de la jolie humaine blonde. Elle portait cet ensemble jupe courte-veste de costume comme une déesse. Et elle avait beau essayer de se donner des airs bon chic bon genre avec son chignon haut de bibliothécaire, j'ai senti que son intérêt était piqué. Elle était excitée. *Par moi.* Et lorsque nos mains se sont touchées, j'ai reçu une espèce de décharge électrique.

Mes doigts continuent de picoter là où nos peaux ont été en contact.

J'ai senti une légère odeur de peur sur elle, mais des notes chaudes et sensuelles prédominaient dans son parfum : vanille, orange et épices. Mon loup ne voulait pas l'effrayer – ce qui est une première. D'habitude, il aime impressionner les gens et ne ressent qu'impatience à l'égard des humains. Pourquoi m'intéresserais-je à une humaine ? Et c'en est une, ça ne fait aucun doute ; je me suis même penché vers elle pour m'en assurer.

Je ne sais pas du tout pourquoi elle m'a fait bander si fort. Cette petite chose insolente, en train de se la jouer snob et de lever le nez en l'air alors que ses genoux tremblaient.

J'avais envie de la plaquer contre le mur de l'ascenseur, de serrer ces genoux tremblotants autour de ma taille et de la pilonner pour lui faire passer son impertinence. Je parie qu'elle n'a jamais eu de véritable orgasme. Je vais peut-être devoir lui montrer ce que ça fait de jouir sur ma queue, pendant que mon nom s'échappe de ces jolies lèvres rouges, comme une prière.

Je déplace mon sexe qui enfle dans mon jean avant de m'affaler sur le canapé en cuir. Trey et Jared ont déjà ouvert des bières et discutent bruyamment sur le balcon. Probablement pas le top pour avoir de bonnes relations avec le voisinage.

Je commence peut-être à me faire trop vieux pour habiter avec mes frères de meute. Depuis des années, mon père me répète de prendre une compagne et de me comporter en adulte. De faire de la meute de Tucson quelque chose de plus qu'un simple club de bikers métamorphes presque exclusivement composé de mâles. Je n'impose pas une discipline trop sévère et je respecte la liberté de chaque loup ; mais le côté « fraternité étudiante » de ma meute pousse les loups qui souhaitent fonder une famille à rejoindre la meute de mon père à Phoenix ou à quitter l'État.

Mon téléphone sonne. Je consulte l'écran avant de décrocher. « Coucou, sœurette.

— Salut Garrett, répond-elle d'une voix un peu essoufflée. Devine où je vais passer les vacances de printemps ?

— Euh... à San Diego ?

— Non.

— Big Sur ?

— Non, pas en Californie.

— Où ça, gamine ?

— À San Carlos !

— *Non.* » L'interdiction résonne dans ma voix. San Carlos est une ville sur la côte mexicaine à quelques heures de Tucson mais, d'après mes informations, elle est envahie par les cartels de drogue.

« Garrett, je ne te demande pas la permission. » À vingt-et-un ans, ma sœur Sedona (nommée d'après la belle ville d'Arizona où mes parents l'ont conçue) est toujours le petit bébé pourri-gâté de la famille. Elle attend une autonomie totale lorsqu'elle l'exige, et un soutien sans faille, financier comme émotionnel, le reste du temps.

J'avais dix ans quand Sedona, un bébé non prévu, mais certainement pas non désiré, a vu le jour, et je la considère davantage comme ma fille que comme ma petite sœur. « Oh, j'espère bien que tu me la demandes, sinon nous avons un gros problème. » Mes parents ont laissé Sedona étudier à l'université d'Arizona uniquement parce que je suis assez proche pour garder un œil sur elle. J'ai beau être sympa, je reste un alpha. Mon loup ne tolère pas qu'on défie mon autorité.

« D'accord, excuse-moi. Je te demande la permission, capitule-t-elle, son ton passant de buté à suppliant. Garrett, je *dois* y aller. Tous mes amis y vont. On ne passera pas par Nogales, on a trouvé un itinéraire plus sûr. Et on sera nombreux. En plus, je ne suis pas humaine, tu te rappelles ? Les gangs de trafiquants ne peuvent pas me faire de mal.

— Une balle dans la tête peut blesser n'importe qui.

— Je ne vais pas me faire tirer dessus. Je ne compte pas acheter de drogue, ni me trouver dans des endroits où on en vend. Tu es beaucoup trop protecteur. Je suis une adulte, au cas où tu l'oublierais.

— Fais attention. Pas trop de graine, gamine.

— S'il te plaaaît, Garrett ? Oh, s'il te plaît ? Je *dois* y aller !

— Dis-moi qui y va. »

Sedona est une pro pour mener les gens par le bout du nez. Elle sent que ma résistance faiblit, et se lance avec enthousiasme dans une description du groupe. Quatre garçons, cinq filles, dont deux couples. Tous des humains à part elle.

Si c'étaient des loups, j'aurais refusé qu'elle parte avec des mâles. Je ne suis pourtant pas vieux jeu : seulement, aucun humain n'est capable de forcer ma sœur à faire quoi que ce soit. Mais tout de même, un séjour sur une plage au Mexique m'évoque des fêtes, de l'alcool qui coule à flots et des mauvaises décisions.

Un grand rire éclate sur le balcon. Je jette un regard sévère en direction de mes colocs.

« Je veux rencontrer tes amis, dis-je à ma sœur.

— Garrett, *pitié* ! Tu vas me mettre la honte. Ce n'est pas juste.

— Alors, ma réponse est non. »

Elle soupire dans le combiné. « Très bien. On passera dire au revoir avant de partir. »

Très malin. Je serai le pire enfoiré de la terre si je lui interdis de partir en voyage à la dernière minute. Mon père en serait capable, mais pas moi : ce qui est la principale raison pour laquelle Sedona a choisi de faire ses études dans ma ville, au lieu d'aller étudier à l'université d'État de l'Arizona.

« D'accord. Quand partez-vous ?

— Demain.

— Tu m'appelles pour me demander la permission la veille du départ ? » Je pousse un grondement dans le téléphone.

« En fait, j'essayais d'éviter de demander la permission, murmure-t-elle.

— Tu as de la chance de t'être ravisée. » Je me force à

décrisper la main. Je n'ai pas envie de casser un téléphone de plus.

« Alors, je peux y aller ?

— Personne ne conduit après avoir bu.

— Bien sûr.

— Pas plus de deux verres par soirée.

— Oh, je t'en prie, Garrett. Tu sais que je peux boire plus que ça.

— Je m'en fiche. Je te donne mes conditions. Si tu veux y aller, tu as intérêt à les accepter.

— D'accord, d'accord. J'accepte. Quoi d'autre ?

— Tu m'envoies un message tous les jours.

— Ça marche. »

Je soupire. « Vous avez vérifié si l'assurance de la voiture est valable au Mexique ?

— Oui, tout est bon. Je te vois demain matin. Je t'aime, grand frère. Tu es le meilleur ! »

Je secoue la tête, mais j'ai le sourire aux lèvres en raccrochant. Je plains le futur compagnon de ma sœur. Il est impossible de lui refuser quoi que ce soit.

« Chef, tu vas au club ce soir ? demande Trey en passant la tête par la porte-fenêtre.

— Pas ce soir », je réponds en examinant mon téléphone pour m'assurer qu'il n'est pas fissuré. Sedona déclenche mon instinct de protection comme personne. Du moins, c'était le cas avant que je ne fasse la connaissance de Mlle Sainte-Nitouche dans l'ascenseur. Je ne comprends pas pourquoi, mais mon loup a déjà décidé qu'elle était sous ma protection, que ça lui plaise ou non.

« Je pensais inviter notre nouvelle voisine. Histoire de voir si elle aime s'amuser.

— *Non* », je gronde. Mon téléphone grince dans ma poigne. Venue de nulle part, ma fureur se déchaîne, ce qui me laisse sur le cul. « Laisse-la tranquille. » Trey baisse le nez vers le sol. Derrière lui, Jared se fige.

« Personne ne touche à la voisine. » Mon loup est proche, il rend ma voix rocailleuse.

« Compris, alpha », répondent les deux loups en baissant la tête.

Au lieu de m'expliquer, un autre grondement vibre dans ma gorge. Je suis l'alpha. Je n'ai pas à me justifier. « Et arrêtez de boire sur le balcon », j'ajoute avec un regard noir. Lorsque j'ouvre la main, des parties du téléphone tombent sur le canapé.

Ma colère s'évanouit avec les morceaux de plastique qui tombent, et je ressens désormais un sentiment de satisfaction. Mon loup est heureux que nous ayons protégé Amber. Mais pourquoi ? Pourquoi une petite humaine m'importe-t-elle ?

CHAPITRE DEUX

Amber

Des piles de dossiers me font les gros yeux sur mon bureau, mais je n'arrive pas à me concentrer. Je repousse une mèche de cheveux et compose le numéro du syndic de ma résidence. Je me comporte peut-être comme une garce, mais j'ai vraiment l'impression qu'il vaut mieux me renseigner sur ces types.

« Allô, Cherise à l'appareil.

— Bonjour Cherise, c'est Amber Drake. J'habite l'appartement 4F ?

— Bien sûr. Bonjour, Amber.

— En fait, je me pose des questions sur les locataires du 4G. Y a-t-il quelque chose que je devrais savoir ? »

Une pause. « Je vous demande pardon ?

— J'ai rencontré les locataires de l'appartement 4G. Ils ont l'air... de voyous. Ça m'angoisse un peu de les avoir pour voisins. Avez-vous déjà reçu des plaintes à leur sujet ? »

Cherise aboie un rire. « Non, je ne peux pas dire que ce soit déjà arrivé.

— Alors, ce ne sont pas des fêtards, rien de ce genre ? Je n'ai pas à redouter du tapage nocturne ou une réunion de motos devant l'immeuble ?

— Avez-vous une plainte spécifique ? » demande froidement Cherise.

Bon, peut-être que je suis une garce méfiante. « Non, rien de précis. Je voulais juste être sûre que je n'avais pas de raison de m'inquiéter. Vous comprenez, ils n'ont pas l'air de personnes très recommandables.

— Je pense qu'il ne faut pas toujours se fier aux apparences. » Cherise a l'air franchement agacée, à présent.

« Vous avez raison, excusez-moi. Je voulais juste vérifier, et vous m'avez rassurée. Merci. »

Cherise raccroche sans dire au revoir. Oups. Quelqu'un est en pétard. Mais en tant que femme seule, je me dois de rester prudente. Elle devrait le comprendre.

J'ai peut-être émis un jugement hâtif.

Je me masse les tempes. Mon crâne palpite, la tension se propage depuis la base de ma nuque, comme c'est toujours le cas quand je suis sur le point d'avoir des problèmes. Je l'ai senti depuis que j'ai rencontré ces types dans l'ascenseur. Mon intuition me dit qu'ils sont mêlés à quelque chose de pas net.

Malheureusement, mon intuition ne se trompe jamais.

Je frotte ma nuque pour apaiser la douleur. La nausée est déjà en train de me nouer la gorge.

Cette journée va être pourrie.

~.~

Je quitte le travail plus tôt, en emportant quelques dossiers dans mon grand sac. Je ferais probablement mieux d'appeler Foxfire pour lui demander de me ramener chez moi, parce que ce mal de crâne affecte ma vue. Mais je préfère assumer mes problèmes toute seule. J'ai appris très jeune qu'il vaut mieux ne pas dépendre des autres, au risque d'être déçue. *Je n'ai besoin de personne, je peux me débrouiller toute seule*, c'est mon mantra.

Je m'insère dans la circulation en plissant les yeux, à l'agonie. Dès que j'entre dans l'ascenseur de mon immeuble, l'intensité de ma migraine se décuple. Ma vision se brouille. Mon sac chargé tombe par terre, et je m'appuie contre le mur en cherchant le bouton de mon étage à tâtons.

« Est-ce que tout va bien ? »

Cette voix. Même à moitié délirante à cause de la douleur, je reconnaîtrais ce timbre profond et sonore entre mille. Bon Dieu, je n'ai pas la force de parler tout de suite. Pas du tout.

Même tourner la tête et me concentrer sur son visage me fait mal.

Garrett s'accroupit à côté de moi, m'examine avec un air préoccupé. « Amber ? »

Je m'écroule, et tout devient noir.

Lorsque j'ouvre à nouveau les yeux, la pièce tangue autour de moi. Non, une minute. Je suis dans l'ascenseur. Avec Garrett. Dans ses bras, la tête posée contre son épaule.

Ses yeux sont baissés vers moi, l'inquiétude creuse un petit sillon entre les sourcils. « Tu es réveillée ? Tu viens de tomber dans les pommes. Tu es malade ? »

Je secoue la tête. Mauvaise idée. Je ferme les yeux et grogne : « Migraine.

— Je capte. » Son torse vibre contre mon oreille.

L'ascenseur s'arrête, et Garrett avance dans le couloir en faisant de grandes enjambées comme si je n'étais pas plus lourde qu'un oreiller de plumes.

« Mon sac, je marmonne.

— Je l'ai. »

Involontairement, je me relaxe contre lui et hume son parfum viril. Sa mâchoire couverte d'un début de barbe effleure ma joue. Le simple fait d'être dans ses bras apaise la tempête douloureuse qui se déchaîne en moi.

Le temps d'arriver devant ma porte, je me sens de nouveau presque humaine. « Merci, monsieur... euh, Garrett. Je peux marcher maintenant. »

Il fronce les sourcils en regardant la porte, comme s'il n'était pas pressé de me poser par terre. Moi non plus, je ne suis pas pressée. Pour la première fois, toute la cacophonie du monde, toutes ces distractions que je m'efforce constamment de réduire au silence, tout s'est évanoui, ne laissant que Garrett et moi. Ma main posée sur son biceps musclé, je sens la force qui émane de son bras, la puissance contrôlée.

Je fixe aussi ma porte, regrettant qu'elle ne puisse s'ouvrir toute seule.

Il me pose délicatement sur mes pieds en gardant un bras autour de ma taille, et je farfouille dans mon sac pour trouver mes clés. Dès que je les ai en main, je pointe le trousseau vers la porte, espérant présenter la bonne vers la serrure. Je suis encore un peu flageolante. Mon corps est épuisé après avoir passé l'après-midi à lutter contre la migraine.

La grande main de Garrett se referme autour de la mienne, guide la clé dans la serrure et la tourne. Il pousse la porte pour moi.

Pour quelqu'un qui ressemble à un malfrat, il se comporte en véritable gentleman.

À mon grand désarroi (ou peut-être à mon grand ravissement), il me soulève à nouveau dans ses bras et me porte à l'intérieur.

« Merci », je murmure, espérant qu'il va me poser dans le salon. Pas de chance.

Il m'emmène directement dans ma chambre. Je m'accroche à lui et regrette de ne pas avoir rangé les habits que j'ai éparpillés à la va-vite ce matin en cherchant un soutien-gorge. Au moins, le soutien-gorge est caché sous les habits que je porte.

Ma culotte, en revanche, trône au milieu du tapis.

En plus du mal de tête, le fard que je pique me donne chaud, et je suis en nage. Garrett dans ma chambre ? Je dois bien admettre que l'idée m'a déjà traversé l'esprit, mais je ne pensais pas que ça arriverait réellement un jour.

Ma chambre était bien mieux rangée dans mes fantasmes.

Garrett m'allonge sur le lit, puis retire mes chaussures à talons avant que je ne puisse ouvrir la bouche. « Tu veux quelque chose ? Un ibuprofène ? »

Je commence à secouer la tête. *Aïe.* Une cacophonie de sons bourdonne aux limites de mon ouïe. Elle est revenue dès que Garrett a cessé de me toucher. « Non, il n'y a que dormir qui aide. » Parler est un supplice à cause de la nausée qui me comprime la gorge.

La grande paume de Garrett se pose sur mon front. La douleur insupportable s'éloigne de nouveau. « Qu'est-ce que je peux t'apporter ? Un verre d'eau ? Un linge mouillé ? »

Des larmes me piquent les yeux, mais pas à cause de mon crâne. Jamais personne ne s'est occupé de moi comme ça. « Oui, s'il te plaît », je murmure.

Sa main me manque dès qu'il la décolle de mon front. « Ça marche. Je reviens tout de suite. »

Je me roule en boule dans le lit en essayant de ne pas me concentrer sur mes tempes qui battent. Ma peau picote lorsque Garrett revient et se penche à nouveau vers moi. Il applique un gant mouillé sur mon front. *Le paradis.*

J'entends le petit bruit que fait le verre d'eau quand il le pose sur la table de chevet.

« Il te faut autre chose ? » Son visage inquiet est tout près au-dessus du mien.

Qui es-tu, et qu'as-tu fait de Garrett la brute ? Et surtout, qu'ai-je fait pour mériter cette gentillesse ? Je connais la réponse à cette question : absolument rien.

« Merci », je coasse. *Pardon de t'avoir mal jugé.*

« Tu veux que je reste, ou tu préfères que je m'en aille ? »

Reste. Pitié, reste, je t'en prie. « Ça ira. Tu peux y aller. »

Il se lève.

« Merci encore. »

Il touche mon épaule du bout des doigts. « Je suis juste à côté si tu as besoin de quelque chose. J'ai une ouïe excellente ; tu n'as qu'à crier si tu as l'impression que tu vas encore tourner de l'œil.

— Pourquoi es-tu si gentil avec moi ? »

Les traits durs de son visage se fendent d'un sourire qui, je ne sais comment, parvient à démolir toutes les murailles que j'ai érigées contre les hommes en général et contre lui en particulier. « À la base, je voulais te passer un savon. Cherise m'a raconté toutes les horreurs que tu as dites à mon sujet. »

Oh non.

Le martèlement sous mon crâne s'intensifie, comme s'il venait de planter un pic à glace dans mes tempes. *Sa gentillesse me tue.* « Je regrett–

— Bah, t'inquiète pas pour ça. Repose plutôt ta tête. Je te punirai plus tard. » Il me fait un clin d'œil. Un clin d'œil capable de mettre une fille à genoux.

Pas moi, bien sûr. Mais je comprends l'attrait. Une

seconde, je rêve ou il vient de dire qu'il va me *punir* ? Mon corps a besoin d'un moment pour enregistrer la menace, mais une fois que c'est fait, la chaleur se rassemble entre mes cuisses. Une distraction bienvenue de mon mal de tête lancinant. Je me demande distraitement si la masturbation peut faire passer la migraine, mais je vais peut-être un peu vite en besogne.

« Tu es sûre que ça va aller ? » Mon cœur fond encore un peu plus. Il passe ses doigts dans mes cheveux, avec la douceur d'un papillon qui nettoierait ses antennes.

Et tout à coup, une vision déboule sans prévenir. Le visage de Garrett change, s'allonge et prend des traits canins. Un loup me fixe, une épaisse fourrure blanche encadre ses yeux argentés.

« Amber ? » Le loup disparaît peu à peu, ne laissant que le séduisant visage de Garrett. Ses yeux ont la même forme que ceux du loup. Sa main est de nouveau posée sur mon front, m'arrimant à la réalité.

« Je vais bien. S'il te plaît, j'ai besoin d'être seule. » Mon cœur se serre quand je prononce ces mots, mais je ne peux pas prendre le risque d'halluciner devant lui. Je veux être Amber, la gentille voisine normale ; pas Amber, la folle qui marmonne des trucs bizarres quand elle a la migraine.

Ce que je ne comprends pas, c'est pourquoi je me sens autant en sécurité en présence de Garrett. Comme si j'étais enfin à ma place.

Je grimace lorsqu'il ôte sa main. Quelques secondes plus tard, la porte de ma chambre se ferme doucement. J'ignore la souffrance et la déception qui m'envahissent et serre les lèvres pour me retenir de le rappeler.

~.~

Garrett

J'entre dans mon appartement et ferme lentement la porte, comme si la claquer trop fort pouvait déranger ma voisine souffrante.

Je ne me suis jamais considéré comme quelqu'un de prévenant. Je suis un alpha. Je gronde. Je domine. J'ordonne. Mais par le ciel, voir ma sublime voisine souffrir autant m'a presque laissé sur le carreau.

J'ai entendu dire que le parfum des larmes de sa compagne pouvait mettre un loup à genoux. Lui ôter toute agressivité, à moins que ce ne soit pour la défendre. Je pourrais jurer qu'avoir vu Amber si diminuée a eu cet effet sur moi.

Mon loup s'est complètement transformé, et mon envie d'elle s'est muée en un besoin d'apaiser chaque pli de souffrance sur son visage. Je suis presque sûr d'avoir vu une existence entière de traumatismes troubler ses jeunes traits aujourd'hui. Pas étonnant qu'elle soit autant sur ses gardes. À mon avis, elle a vu et subi des choses que personne ne devrait jamais avoir à vivre.

Je n'avais pas envie de la laisser seule, mais que pouvais-je faire ? M'installer dans son appartement alors qu'elle m'a demandé de partir ? Je la rends déjà assez nerveuse comme ça.

Et de toute façon, je dois arrêter de m'intéresser à cette femme. Elle est *humaine*. Ce qui signifie qu'elle n'est pas pour moi, à part pour tirer un coup.

Oh, par le ciel, je veux bien tirer un coup.

Mon loup gronde. Il veut davantage. Bien davantage.

Calme-toi, mon grand. C'est pas près d'arriver.

CHAPITRE TROIS

Amber

« Regarde toutes les jolies couleurs ! » crie Foxfire par-dessus le bruit du groupe en train de jouer sur scène. Elle tourne lentement sur son tabouret de bar en se tenant à la table, fait demi-tour, s'esclaffe. Puis essaie de s'emparer de mon verre.

« Oh-là, ma poule. » Je lève le bras pour mettre mon Cosmo hors de sa portée. Je le sirote depuis notre arrivée, par solidarité avec mon amie qui fait le deuil de sa relation. Boire de l'alcool si vite après une crise de migraine carabinée n'est pas une bonne idée.

« Sam, un autre ! » Apparemment, elle pense qu'elle est devenue pote avec le barman.

J'attire l'attention de l'homme et secoue discrètement la tête ; il ignore mon amie. « Je pense qu'il est temps qu'on passe à l'eau. »

Foxfire fait la moue et secoue la tête, avant d'éclater à nouveau bruyamment de rire.

Que le procès-verbal reflète : *avant de sortir boire avec une*

amie pour l'aider à oublier son ex, d'abord s'assurer qu'elle a le
ventre plein.

« On devrait peut-être sortir prendre l'air. »

Foxfire ne m'écoute pas. Elle lève son verre vide, secoue
sa langue dedans et le repose brutalement sur la table.

« J'ai soif, pleurniche-t-elle.

— Je vais aller nous chercher de l'eau, mais tu ne bouges
pas d'ici, d'accord ? »

Je me lève et me dirige vers le bar, où je compte avoir
une petite conversation avec Sam pour m'assurer qu'il ne la
servira plus ce soir. J'emporte mon Cosmo avec moi. Foxfire
tourne sur le tabouret, le regard dans le vide. Elle est clairement la plus extravertie et désinhibée de nous deux, mais je
ne l'avais encore jamais vue comme ça. Elle a peut-être pris
autre chose quand elle est partie aux toilettes ? J'aurais dû
l'accompagner, mais je n'aime pas me retrouver dans des
endroits exigus entourée de monde si tôt après une vision, et
le club est bondé.

Qu'est-ce qui m'a pris de venir ici ? Je carre mes épaules
et me fraie un chemin à travers la foule agglutinée autour
du bar, en essayant de toucher le moins de gens possible.
Trop de bruit, trop de monde. Si je ne me protège pas des
contacts physiques, une vision va finir par me tomber
dessus.

Que le procès-verbal reflète : *la prochaine soirée entre filles,*
on restera devant Netflix à la maison.

Je me retourne en entendant un cri. Une fille est en train
de se déchaîner sur la piste de danse. Quelques agents de
sécurité aussi baraqués et intimidants que mes voisins
fendent la foule dans sa direction. J'entends des glapisse-
ments, et un des agents soulève l'ivrogne belligérante.

Merde. C'est Foxfire, avec ses cheveux multicolores qui
volent dans toutes les directions.

« Excusez-moi, pardon », je répète en poussant les gens en sens inverse. Pas le temps d'éviter les contacts. Leurs émotions et leurs pensées glissent sur moi comme les stroboscopes colorés de la scène. J'arrive près de Foxfire en titubant, comme si, moi aussi, j'étais ivre. Le vigile pose les yeux sur moi et nous fait signe de partir.

« Elle va bien ? » Je me redresse, projette du mieux possible mon attitude *je-suis-sobre-et-responsable*. « Je ne l'ai laissée qu'un instant.

— Mademoiselle...

— Je veux juste danser ! beugle Foxfire en faisant le tourniquet avec ses bras.

— Bon, ça suffit. Il faut y aller, dit un agent de la taille de Terminator en nous entraînant vers le fond de la salle.

— Je m'en occupe. On s'en va », j'assure en me glissant sous le bras du vigile pour soutenir mon amie. Je n'arrive même pas à l'épaule du garde. « Mais ma voiture est garée devant le club et vous nous emmenez vers l'arrière... »

Je m'interromps et fais un bond en arrière lorsque Foxfire se plie en deux et commence à vomir.

« Je m'en fous. Vous passez par derrière. Dépêchez-vous. »

Foxfire est toujours en train de rendre tripes et boyaux lorsqu'un deuxième garde la tire en avant par le bras. « Pas ici », lâche-t-il. Sa lèvre inférieure trouée de deux piercings lui donne un air menaçant. Il me rappelle mes voisins. Mais qu'ont tous ces mecs à vouloir des bouts de métal partout sur le visage ?

« Hé ! je lance en courant pour rester à leur niveau. Allez moins vite. Elle se sent mal, c'est évident. »

Le videur avec les piercings m'ignore et continue à la tirer vers la sortie, sans hésiter à la traîner lorsqu'elle trébuche.

« Arrêtez ! Vous allez lui faire mal. Vous ne croyez pas qu'il faudrait plutôt lui donner de l'eau ou l'accompagner aux toilettes ? »

Il ouvre la porte de la terrasse et pousse Foxfire dehors juste à temps. Elle se penche en avant et dégobille dans une plante en pot. « Dehors ! tonne le type en pointant le portail qui mène sur le parking.

— Laissez-lui quelques minutes, dis-je en retenant les cheveux de Foxfire en arrière. Calmez-vous, sinon j'appelle la police.

— Dehors, et ne revenez plus, sinon...

— Stop. » L'ordre retentit dans l'air. Un gigantesque homme blond se lève de l'une des chaises sur la terrasse.

Je n'en crois pas mes yeux. « Garrett ? »

Mon nouveau voisin canon nous rejoint en deux grandes enjambées et fixe le type plein de métal avec agressivité. « Foutez-lui la paix.

— Mais elle...

— Ça suffit. » L'autorité résonne dans la voix de Garrett. L'homme la ferme sans demander son reste. « Retourne surveiller la salle. »

La main de Terminator se pose sur l'épaule du deuxième videur, et il le tire vers l'intérieur du club.

« Autre chose, patron ? demande Terminator d'une voix caverneuse. Vous avez besoin d'aide ici ?

— Non, rentrez. Je m'occupe d'elles. »

J'aide Foxfire à s'asseoir sur une chaise et sors la boîte de lingettes que j'ai toujours dans mon sac.

« Elle va bien ? demande Garrett.

— Ça ira. »

Une serveuse arrive sur la terrasse avec plusieurs verres d'eau sur son plateau. « Garrett ? Tank a dit que tu avais besoin de ça.

— Merci, Stacy. Interdis l'accès à la terrasse pendant un moment, d'accord ? Et ramène des serviettes en papier.

— Pas de problème, boss.

— Bonne fille », murmure distraitement Garrett. Il ne me quitte pas des yeux.

La serveuse rougit et humecte ses lèvres pulpeuses brillantes de gloss. Je ressens une soudaine montée d'animosité.

« Tu travailles ici ? je demande dès qu'elle est partie.

— C'est mon club. » Il s'adosse contre le mur, bras croisés. Ses muscles étirent son T-shirt noir. Toujours le même jean, les mêmes bottes de moto en cuir.

Je déglutis. « Je ne savais pas.

— Je sais. » Toujours le même sourire suffisant. Il se moque de moi. Le propriétaire de l'Éclipse possède aussi la moitié du centre-ville, y compris ma résidence.

Mon nouveau voisin est un entrepreneur, pas un malfrat.

« Je croyais... » Je m'interromps. Je ne peux pas lui dire qu'il s'habille comme un délinquant.

La tête entre les mains, Foxfire gémit.

« Hum, désolée pour ça, dis-je en secouant les mains comme si ça pouvait changer la situation. On ne fait pas tant la fête, d'habitude.

— Un verre, c'est faire la fête ? »

Je cligne des yeux, stupéfaite. « Tu m'observais ? »

Il acquiesce.

« Tu devrais parler à tes barmans. Tu pourrais être tenu pour responsable si...

— Amber. » Ce simple mot me fait taire. Il avance vers moi, la chaleur de son corps m'enveloppe. Au lieu d'être intimidée, je me détends. *En sécurité*. « Tu vas mieux ? La dernière fois que je t'ai vue...

— Je vais très bien », je lâche en me détournant à moitié.

J'essaie de prétendre que sa proximité ne m'affecte pas, mais chaque cellule de mon corps vibre, éveillée, vivante.

« Tu es sûre ? » Sa voix rauque déclenche des frissons sur ma peau.

« Je suis sûre », je murmure. Après tout, que vais-je lui dire ? *Quand tu m'as touchée, j'ai eu une vision, mais la douleur est partie ?*

« Voilà les serviettes », dit gaiement la serveuse. Ses lèvres semblent encore plus scintillantes de gloss que tout à l'heure. Elle remarque que Garrett et moi sommes l'un à côté de l'autre, et paraît déçue.

Sans réfléchir, je m'approche de Garrett jusqu'à ce que mon épaule le touche. Comme s'il était à moi, et que j'avais le droit de me trouver entre ses bras.

J'entends un petit rire au-dessus de ma tête. Je lève les yeux, prête à affronter son sourire moqueur ; mais tout à coup, une vision me tombe dessus.

Ma vue se brouille. Des images défilent devant mes yeux, trop vite pour que je les discerne. Un film en avance rapide.

Je suis de retour dans l'ascenseur avec Garrett et ses deux amis. Cette fois, je sors en courant et fonce vers le parking. Ils me suivent, tombent à quatre pattes et se transforment en loups sous le gros œil lumineux de la pleine lune.

« Amber ? »

Je secoue la tête et reviens à moi. Je suis collée à Garrett, en train de m'accrocher à son T-shirt. J'ai soudain chaud, puis très froid.

« Loup-garou », je murmure en regardant le visage attirant qui était encore un loup seulement quelques secondes plus tôt.

Garrett sursaute, manquant de me lâcher par terre, et

son expression s'assombrit. « Qu'est-ce que tu viens de dire ? » Sa voix est menaçante. Des alarmes se déclenchent dans ma tête.

C'est vrai. C'est un loup-garou. Et il n'a pas l'air content que je le sache.

« Rien. » Je le pousse. Dans son dos, les nuages s'écartent. La lune est pleine. Je dois m'en aller, et vite.

« Allez viens, Foxfire, dis-je en passant son bras sur mon épaule malgré ses protestations.

— Amber, attends », ordonne Garrett, mais je l'ignore.

Foxfire et moi arrivons à ma voiture. Le temps de l'installer sur la banquette arrière et de boucler sa ceinture, mon cœur s'est un peu calmé. Mon esprit, lui, continue de tourner à plein régime. Qu'ai-je vu ? Est-ce réel ? Non, c'est absurde. C'était une hallucination. Pas la réalité.

« Les loups-garous, ça n'existe pas, je marmonne.

— Amber. »

Je sursaute et pousse un cri.

Garrett est là, un énorme beau gosse menaçant et silencieux dans l'ombre. « Il faut qu'on parle. »

Des picotements parcourent ma peau. En guise de réponse, je me précipite du côté conducteur, claque la portière et sors du parking en faisant crisser mes pneus. Peu importe qui est Garrett, combien de propriétés immobilières il possède, ou s'il se transforme en loup à chaque pleine lune.

Les loups-garous n'existent peut-être pas, mais la vision m'a révélé une chose. Garrett est dangereux.

~.~

Garrett

Tandis que la petite voiture d'Amber sort en trombe de mon parking, je touche une de mes canines de la pointe de la langue pour m'assurer qu'elle a toujours taille humaine. Mlle Sainte-Nitouche a failli s'évanouir dans mes bras – une fois de plus – puis elle a fixé mes dents. La lune se reflétait dans le blanc de ses yeux.

Les loups-garous, ça n'existe pas.

« Merde », je grommelle. Mes dents n'ont pas changé, ma vision est la même ; elle n'est pas recouverte d'un voile comme lorsque je m'apprête à muter. J'étais sorti sur la terrasse pour prendre l'air et donner un peu d'espace à mon loup, mais je ce n'est pas comme si j'étais en train de hurler à la lune. Elle a dit : *loup-garou.* Comment a-t-elle deviné ?

« Ça va, chef ? demande Tank en s'approchant.

Je me redresse et enferme mon loup en moi. « Je rentre. Tu peux rester fermer ?

— Pas de problème. C'était qui ? ajoute-t-il avec un mouvement du menton vers là où a disparu la voiture d'Amber. Tu la connais ?

— Une avocate, coincée comme pas permis. C'est aussi ma voisine.

— Humaine ?

— Tu le sais déjà », je réponds sèchement. Tank est l'un des loups plus âgés qui m'ont suivi quand j'ai quitté la meute de mon père. Son loup gigantesque est dominant, mais pas plus que le mien. Je soupçonne mon père de l'avoir envoyé rejoindre ma meute pour me garder à l'œil ; mais il est tout aussi possible qu'en tant qu'éternel célibataire, il préfère être avec moi plutôt que faire partie d'une meute principalement composée de couples. Posé, fort, loyal, c'est un excellent élément. Un de ces jours, j'en ferai officiellement mon second. Dès que je serai certain qu'il ne m'espionne pas pour le compte de mon père.

« Trey et Jared ont parlé d'une petite voisine blonde. Ils pensent que tu en pinces pour elle. » Il parle sur le ton de la conversation, mais je détecte une note de censure, et ça me tape sur les nerfs.

« Tu as peur que je me tape une humaine ? » En règle générale, les métamorphes ne s'unissent pas avec des humains, mais il est toujours possible de tirer un coup. Aucune loi ne l'interdit, même si les meutes plus tradition-nelles comme celle de mon père voient ça d'un mauvais œil. Pas moi. Et c'est probablement pour ça que tant de jeunes loups célibataires m'ont suivi quand j'ai décidé de créer ma propre meute.

« Ils ont dit que tu la voulais pour toi. » Oh, ouais. Le jugement dans la voix de Tank est bien réel.

Je le regarde droit dans les yeux et fais craquer les articu-lations de mes doigts. « Je leur ai dit de la laisser tranquille, ça ne veut pas dire que j'ai des vues sur elle. Ça te pose un problème ?

— Être en couple avec une humaine est délicat. Pour baiser, pas de problème, bien sûr, mais une vraie relation ? Ça devient vite problématique. Les humains ne doivent pas connaître notre existence. La loi dit...

— Je connais les anciennes lois. Tu as oublié qui est mon père ? » Je déteste invoquer mon père, mais Tank est de la vieille école. Certains loups pensent que je ne pourrais pas contrôler ma propre meute si mon père n'était pas là pour asseoir mon autorité. Ce n'est pas vrai. Je ne lui ai jamais demandé de me soutenir pour quoi que ce soit, mais j'ima-gine que la menace reste présente malgré tout.

« Non, répond doucement Tank en baissant les yeux. Je ne voulais pas te manquer de respect. Je protège la meute. »

Voyant sa supériorité reconnue, mon loup se calme. Je donne une claque dans le dos de Tank. La différence entre mon père et moi, c'est que je sais me montrer inflexible, mais je sais aussi être sympa.

« Tout comme moi. Je ne mettrai jamais ma meute en danger pour une humaine. Elle est sous ma protection, mais ça s'arrête là. Mon loup s'est entiché d'elle. » Merde, ça paraît encore plus suspect. Mon loup n'a pas à aller renifler autour d'une humaine. Les métamorphes s'unissent à des métamorphes. Point final.

Je fais à nouveau craquer mes doigts et frotte les tatouages sur mes phalanges. La pleine lune me met à cran. Je ne suis pas un petit nouveau qui doit absolument muter, mais l'envie est là.

« J'y vais. Dis à Trey et Jared que je ne veux pas d'after, sinon je les colle à la plonge pendant un mois.

— Compris, chef. » Tank baisse la tête, me présentant légèrement sa nuque en signe de déférence. Il n'insiste pas, ne me fait pas remarquer que mes explications sur Amber et mon intérêt pour elle sont un peu minces. Les meutes de loups ne sont pas des démocraties. Ma parole fait loi. Raison de plus pour ne pas être un trouduc comme mon père.

Mais Tank a eu raison de me prévenir. Nous connaissons tous la loi. Les humains ne peuvent pas connaître notre existence. Autrefois, il n'y avait qu'une seule chose à faire si un humain découvrait le secret des métamorphes.

Si Amber est réellement au courant, elle devra peut-être mourir.

~.~

La longue route sinueuse jusqu'à chez moi ne calme aucunement mon loup. Bien trop vite, je me retrouve en train de marcher d'un pas décidé dans le couloir de mon immeuble et m'arrête devant la porte d'Amber.

Mon téléphone vibre. Je le sors de ma poche. C'est un message de ma sœur, plein de smileys souriants et d'émoticônes de palmiers. *Bien arrivés à San Carlos. Gros bisous !*

Je secoue la tête, réprime un sourire et me reconcentre sur le problème immédiat.

Une humaine connaît notre secret. Pourtant, mon loup ne la voit pas comme une menace. Il veut la protéger autant que je veux protéger ma sœur.

Je m'approche tout près de la porte, et ma peau fourmille lorsque je décèle le parfum envoûtant d'Amber. Sa télévision est allumée, et je l'entends se déplacer. Elle a dû déposer son amie chez elle avant de rentrer, parce que je ne détecte aucune autre odeur.

Je frappe à la porte. Tout devient silencieux dans l'appartement.

« Amber. »

Silence.

« Je sais que tu es là. C'est Garrett. Je dois te parler. »

Son odeur devient plus forte. J'entends quelque chose frotter contre la porte. Je réalise que je tiens fermement la poignée, et recule la main. Elle est juste là, de l'autre côté.

Elle ne répond pas.

Je prends un ton autoritaire. « Amber, ouvre la porte.

— Je suis occupée.

— Ouvre. *Tout de suite.*

— Va-t'en, sinon j'appelle la police.

— Non. » Je pose ma main à plat sur la porte, comme si je pouvais la sentir à travers le bois. « Appeler les flics me mettrait sérieusement en rogne. Et crois-moi, ma jolie, tu n'as pas envie de me voir en colère. »

Traduction : Je n'ai pas envie qu'elle me voie en colère. « Maintenant, ouvre cette porte.

— Laisse-moi tranquille. Tu ne me fais pas peur. »

Les coins de ma bouche se soulèvent malgré le sérieux de la situation. J'adore sa bravoure. Putain, elle est trop mignonne. « D'accord. Si tu n'as pas peur, *ouvre la porte.* » Quand elle ne répond toujours pas, je serre le poing. « Amber, ouvre, sinon je défonce la porte.

— J'appelle les flics.

— *Pas de flics.* La porte. Maintenant. » Je n'ai pas l'habitude qu'on me résiste. D'habitude, dès que je me montre autoritaire, les gens se précipitent pour m'obéir, loups ou humains.

Elle s'éloigne. Appelle-t-elle la police ?

Merde. Je suis tellement accoutumé à ce qu'on fasse ce que je dis que je ne pensais pas qu'elle mettrait sa menace à exécution. Je colle mon oreille contre la porte, mais ne l'entends pas parler. En revanche... *Bon sang.* C'est le bruit de la porte de son balcon qui s'ouvre discrètement. Où va-t-elle ?

Je l'imagine soudain en train de tenter une évasion sportive en passant par le balcon voisin, et mon loup entre violemment en mode protecteur. Mes crocs sortent, prêts à la défendre contre son ennemi invisible, la gravité. Je cours jusqu'à mon appartement et me rue sur la terrasse.

Putain de merde !

Cette petite folle a escaladé le bord de son balcon, et est en train de se pencher pour atteindre l'échelle de secours.

Je ravale le cri qui monte dans ma gorge pour ne pas l'effrayer. Manifestement, je la terrifie déjà, si elle préfère se carapater par le balcon plutôt que me voir. Mais, ouais, je peux comprendre que la plupart des humains puissent flipper à mort en découvrant que leur voisin est un loup.

Je fonce dans les escaliers et saute chaque volée de marches en un bond. Au rez-de-chaussée, je pousse la porte sans m'arrêter et cours jusqu'au coin de l'immeuble. L'adrénaline qui pulse dans mes veines déclenche partiellement la mutation. Ma peau commence à onduler, et je dois prendre une profonde inspiration pour me calmer. Ma vision nocturne s'aiguise.

Là. Amber, toujours vêtue de la petite jupe et de la chemise qu'elle portait au club, ses cheveux relevés en son habituel chignon. Pieds nus, elle descend les échelons métalliques de l'échelle de secours. Son pied glisse, et elle pousse un cri aigu en s'accrochant à l'échelle.

J'arrive en dessous d'elle juste au moment où elle glisse à nouveau et perd l'équilibre. Avec un petit hurlement, elle tombe dans le vide – d'environ un étage et demi – et atterrit dans mes bras. Je la rattrape sans mal, mais j'accompagne sa chute pour l'amortir et me laisse tomber par terre. Je laisse échapper un grognement en tombant sur le ciment. Pendant une seconde, je reste étendu là, ma queue en train de durcir parce qu'Amber est dans mes bras.

Elle respire fort, son cœur bat à tout rompre. Son odeur, agrumes et épices, me fait tourner la tête. Je pose une main dans son dos pour l'encourager à rester immobile, sa poitrine pressée contre mon torse. Elle finira peut-être par se détendre contre moi.

Mais non. Elle se redresse, s'assied à califourchon sur moi et rencontre mon regard.

Oh, ma douce. C'est une très mauvaise idée.

Mon sexe pense que c'est une idée fabuleuse. Il presse contre ma braguette, veut plus de contact. « C'était débile, ce que tu viens de faire. »

Elle essaie de se lever, mais je la retiens. Je me lève en un seul mouvement, la soulève et la pose sur mon épaule. Je suis déjà en train de monter les escaliers de notre immeuble quand elle commence à se débattre.

« Garrett ! Pose-moi par terre, sinon je crie. »

Intéressant qu'elle ne l'ait pas encore fait. Elle n'a pas

non plus appelé la police. Elle obéit peut-être mieux que je ne le pensais.

Dans tous les cas, j'ai l'avantage, et compte bien le garder.

Je la pose un peu plus haut sur mon épaule, ce qui met fin à ses protestations. Je donne une tape sur son derrière : grosse erreur. C'est le cul le plus mignon que j'ai jamais vu, et maintenant que je l'ai fessé une fois, je meurs d'envie de recommencer. Je veux malaxer ses fesses entre mes mains, les caresser, leur donner de petites tapes.

Elle inspire brusquement. Le parfum de son désir flotte dans l'air.

Oh, chérie. C'est parti.

J'ouvre la porte du couloir de notre étage, Amber toujours sur mon épaule. Je passe devant son appartement sans m'arrêter, glisse ma clé dans ma serrure et pousse la porte du pied.

Lorsque j'entre dans mon appartement, elle recommence à se débattre. Je referme la porte du pied et m'approche du canapé, m'assieds et la pose à plat ventre sur mes genoux. Maintenant que j'ai l'idée en tête, je n'arrive plus à penser à autre chose.

« Ne fuis jamais, jamais devant un loup. » J'administre trois tapes vigoureuses sur son petit cul musclé. Je ne sais comment, j'arrive à ne pas caresser ses fesses immédiatement après.

« Aïe ! » glapit-elle en donnant des coups de pied dans le vide. « Arrête. »

Ses gesticulations ne font que m'exciter davantage. Je ne résiste pas, et lui donne trois autres tapes aussi fortes que les précédentes. L'odeur de son excitation se répand dans la pièce. Le besoin de baiser me tombe dessus si violemment que je dois suspendre mon mouvement, une main à plat sur son cul. Elle attend en silence, allongée sur mes genoux comme la bonne petite soumise qu'elle est.

J'ai compris ton petit numéro, princesse.

Je remonte sa minijupe et lâche un grognement en découvrant ce qu'il y a dessous. Putain, une culotte en satin rose. Avec des petits nœuds noirs au bas de chaque fesse. Sous le tissu, je vois la forme de ma main rougir sur sa peau. Mon loup hurle de satisfaction. « Oh, bébé, c'est joli », je murmure.

Elle recommence à se tortiller, alors je recommence à la fesser, frappe son cul recouvert de satin avec une lenteur délibérée.

« Tu ne dois jamais prendre la fuite devant un loup. Ça déclenche notre instinct de prédateur. Il ne vaut mieux pas que l'animal t'attrape, bébé. Pas une petite humaine délicate comme toi. »

Elle laisse échapper un long gémissement tandis que ses petites fesses rondes rebondissent sous mes claques. Ses hanches effleurent ma queue brûlante, et chacun de ses mouvements est une torture.

Je rassemble le tissu de sa culotte entre ses fesses pour les dénuder davantage. Elles sont déjà rosies à cause de la punition que je viens de lui infliger, mais maintenant que j'ai commencé, je ne compte pas m'arrêter là. C'est si bon de la dominer. Et elle adore détester ça. J'en suis sûr, parce que la douce fragrance de son désir sature la pièce, rendant mon loup fou de désir.

Je fesse son cul nu, et ses cris et petits grognements – les plus mignons que j'ai jamais entendus – m'accompagnent en rythme.

Je m'arrête seulement lorsqu'un cri ressemble un peu trop à un sanglot.

Merde.

Suis-je allé trop loin ? Les loups sont des créatures charnelles. Nous avons tendance à recourir facilement à la punition – physique, en général. Les louves reçoivent couramment des fessées de leurs compagnons. Mais elle n'est pas comme nous.

Je masse ses fesses rougies, la redresse et l'assieds sur mes genoux, où ses courbes trouvent parfaitement leur place. « Et que je ne te reprenne plus en train de mettre ta vie en danger. Tu m'as fait flipper.

— C'est *moi* qui t'ai fait peur ? »

Sa petite jupe est remontée jusqu'à sa taille, ses cuisses nues et sa culotte sont sous mes yeux ; ma queue me fait mal. Je ravale le grondement qui monte dans ma gorge.

« Lâche-moi. » Elle gigote comme si elle voulait se lever, mais lorsque je referme mes bras autour d'elle, l'excitation reprend le dessus dans son odeur.

Ma petite humaine aime être attachée, j'en suis sûr.

Je n'ai jamais connu une humaine qui aimait le sexe un peu brutal. Nous avons le droit de coucher avec des humains, tant que nous ne parlons pas de ce que nous sommes, mais ça ne m'a jamais vraiment intéressé avant. Les humaines sont trop fragiles, trop délicates.

Pas cette petite diablesse. Si elle ne cesse pas de me résister, je vais la clouer au sol et la prendre par derrière. Lui donner une autre raison de crier. Une bien meilleure raison.

Cependant, j'ai l'impression que la baiser ne m'aiderait pas à passer à autre chose. Je ne sais pas qui est cette fille, mais elle est importante pour mon loup.

« Tu connais mon métier, non ? lâche-t-elle entre ses dents, gesticulant toujours. Je suis avocate, et je vais te fiche un procès aux...

— Tu ne vas pas porter plainte contre moi, dis-je d'une voix traînante.

— Je vais appeler la police pour demander une ordonnance restrictive et... »

~.~

Amber

« Chut », dit mon voisin – mon voisin *loup-garou* – d'une voix apaisante. Il passe sa main sur ma cuisse nue. Je me pétrifie. Une partie de moi veut lui arracher les yeux, mais le reste retient son souffle, tremble sous ses caresses, attend de voir ce qu'il va faire ensuite.

« Tu n'appelleras pas la police, et tu ne porteras pas plainte. » Il est si sûr de lui que c'en est agaçant.

Mon derrière fourmille à cause de la fessée qu'il m'a administrée, mais ma chatte est trempée. Qu'est-ce qui ne tourne pas rond chez moi ?

« Je te déconseille d'entrer dans un rapport de forces avec moi, parce que tu vas perdre.

— C'est une menace ? »

Il rit doucement, pendant que sa main décrit un cercle sur mon genou puis remonte à l'intérieur de ma cuisse. « Non. C'est un fait. »

Il passe son bras autour de ma taille et me serre contre lui. Sa large cuisse musclée est pressée contre ma chatte. Je me balance dessus en soupirant, puis me raidis.

« Tu es si... » Il promène son regard sur mon corps, s'attarde sur mon décolleté. Fichu soutien-gorge. « ... mignonne », achève-t-il.

Je vais te coller un procès sur le dos, mon petit pote. Harcèlement sexuel. Violation des droits du locataire. Une litanie de lois se déroule dans ma tête, mais ce qu'il dit ensuite transforme toutes mes pensées en bouillie.

« Et coquine. » Il pétrit mes fesses, toujours nues depuis qu'il a rentré ma culotte dans ma raie. Ce qui, soit dit en passant, stimule merveilleusement mon clitoris. J'ondule du bassin pour frotter mon petit bouton contre sa cuisse.

Garrett lâche un juron et sa main se crispe sur ma fesse. Ses iris sont désormais plus argentés que bleus. Il me fait pivoter sur ses genoux pour me mettre dos à lui, comme si je ne pesais rien, et m'écarte les cuisses.

« Tu as besoin de jouir, bébé ? » Sa voix est un grondement guttural. Il pose ses doigts exactement là où je les veux, et caresse mon clitoris par-dessus le satin de ma culotte. Son autre main trouve mon sein, le pétrit et le masse. Mes mamelons se dressent sous mon soutien-gorge et se mettent à pulser en rythme avec mon clitoris, sur lequel Garrett décrit des cercles du bout du doigt. « J'attends ta réponse.

— O-oui. » Haletante, je me penche et écarte ma culotte pour lui ouvrir le passage.

Garrett grogne. « Oh, chérie. C'est bien. Offre-moi ta jolie chatte. »

Ses doigts sont énormes. Ils glissent sur ma fente, qui est si mouillée que c'en est gênant. Je me cambre pour venir à la rencontre de sa main, pour l'encourager. Il fait entrer son majeur en moi.

Ça fait une éternité que je n'ai pas couché avec quelqu'un. Je suis sûre qu'il le sait, parce que je suis sur le point de jouir dès qu'il commence à bouger son doigt en moi. Je ne reconnais pas les sons qui sortent de ma gorge.

Garrett ajoute un deuxième doigt, m'étire délicieusement.

Je rejette la tête en arrière sur son épaule en criant de plaisir.

Il fait aller et venir ses doigts entre mes cuisses, le plat de sa main pressé contre mon clitoris, jusqu'à ce que le plaisir me mette au bord des larmes. Lorsqu'il sort abruptement de moi, ma chatte se contracte sur le vide. Il administre une tape brusque juste entre mes jambes. « Vilaine fille », me gronde-t-il à l'oreille.

Je soulève automatiquement mes hanches.

Il frappe ma chatte une fois de plus. Et une troisième. Puis, comme s'il savait que je suis sur le point de jouir, il enfonce deux doigts en moi et me baise vite et fort, avec l'intensité dont j'ai besoin pour grimper au septième ciel.

Je pousse un cri perçant et ma tête part en arrière. Je griffe ses avant-bras tout en me balançant autour de ses doigts. Mes hanches sursautent, mon sexe se contracte. Mon orgasme se prolonge indéfiniment. Garrett garde ses doigts plongés en moi pendant que je jouis tout autour d'eux.

Bon Dieu. Je n'ai jamais perdu le contrôle comme ça. Je n'ai jamais laissé personne me donner autant de plaisir, ni me rendre si vulnérable.

Lorsque je retrouve le contrôle de mon corps, il retire lentement ses doigts, et je deviens toute molle contre lui. Il dépose un baiser sur mon épaule en remettant ma culotte en place. « C'est bien, petite coquine », me murmure-t-il à l'oreille. Il me retourne une nouvelle fois sans effort pour me mettre face à lui.

Il écarte une mèche de cheveux devant mon visage. « Ma petite coquine humaine. » Il accentue le dernier mot en me regardant droit dans les yeux, et tout me revient. C'est un loup-garou, et *il sait que je sais.*

Je me crispe. Que va-t-il faire ?

Mais les loups-garous n'existent pas. Je dois être en train de perdre la boule. « Je ne suis pas folle », dis-je sans réfléchir.

Son regard sévère s'adoucit une fraction de seconde. « Je n'ai jamais dit que tu l'étais.

— Est-ce que tu... Tu n'es pas...

— Pas quoi ? demande-t-il en haussant un sourcil.

— Les loups-garous n'existent pas. » Je répète la même affirmation que tout à l'heure, mais mon regard se pose sur ses phalanges tatouées. Les phases de la lune.

Oh mon Dieu. C'est vraiment un loup-garou.

J'essaie à nouveau de m'écarter, mais il me retient sans mal. Son bras est comme une ceinture de fer autour de ma taille.

« Que... » Je dois m'interrompre pour m'éclaircir la gorge. « Que vas-tu faire de moi ?

— Je ne sais pas. D'abord, j'ai besoin que tu répondes à mes questions, dit-il en devenant très sérieux.

— Quelles questions ? »

Il se penche, prend mes mains et les retourne, puis examine mes bras. « Est-ce que tu es blessée, bébé ? »

Je secoue la tête, sentant mes yeux s'humidifier. Voilà qu'il recommence à prendre soin de moi.

« Tant mieux. » Il me soulève de son genou, m'assied sur la table basse devant lui et prend mes deux mains dans une de ses grandes paumes. L'intensité de son regard me fait monter le rouge aux joues. Après un moment, il demande : « Comment est-ce que tu sais ? »

J'essaie de libérer mes mains, mais il les tient fermement. Il ajoute même son autre main d'un air tranquille, presque comme s'il me réconfortait au lieu d'être en train de me retenir prisonnière. Je tire plus fort.

« Hé. Calme-toi. Je ne vais pas te faire de mal, mais j'ai besoin que tu me répondes.

— Je n'ai pas de réponse », je murmure d'une voix étranglée. Je ne parle de mes visions à personne. Jamais. La dernière fois que je l'ai fait, j'avais treize ans, et ça m'a coûté ma famille d'accueil. J'ai vite compris que personne n'appréciait qu'on connaisse ses secrets. Je ne sais pas ce qui m'a pris de me trahir.

Garrett se contente d'attendre sans rien dire, me maintenant sans effort.

Mes épaules s'affaissent. Il ne me laissera pas partir tant que je ne lui donnerai pas d'explication. « Parfois, je sais certaines choses, je marmonne. Je les vois. Comme des scènes en accéléré.

— C'est-à-dire ? »

Je fixe un trou dans son jean en regrettant de ne pas avoir dormi chez Foxfire. Et chargé une agence de déménagement de venir chercher mes affaires pour éviter Garrett pour le restant de mes jours.

Mais je n'ai rien fait de tout ça. Parce qu'au fond, je voulais le voir. J'avais besoin de savoir si la vision était vraie.

« Amber ? » Je hausse les épaules. « Je ne sais pas. Vraiment. Parfois, je vois des choses que je préférerais ignorer. Comme des décès, ou l'avenir. Le plus souvent, ce sont des tragédies, comme des accidents ou des morts violentes. » Je me souviens avoir demandé à la mère de ma famille d'accueil pourquoi les deux gratte-ciels à New York avaient pris feu et s'étaient écroulés – deux mois avant les attaques du 11 septembre. Cette famille m'a ramenée au foyer en vitesse le jour où c'est arrivé. « Je ne fais pas exprès. En fait, je déteste ça.

— Tu es extralucide. »

Je libère une de mes mains et la passe sur mon visage. Mon chignon a glissé sur mes épaules. J'ai probablement une tête à faire peur. Amber la folle, la voyante. Il ne me manque plus qu'un jeu de tarot, une jupe longue et un appartement rempli de cristaux – oh, et de l'encens – pour m'établir comme diseuse de bonne aventure.

Garrett m'observe, totalement immobile, son visage très sérieux. Je déglutis avec difficulté. Je sais qu'il est un loup-garou. Une information qu'il préfère probablement tenir secrète.

Ma peur repointe son nez : je vais peut-être mourir cette nuit. Mais non, s'il comptait me tuer, il ne m'aurait pas rattrapée quand je suis tombée de l'échelle. Sauf s'il veut d'abord m'interroger.

« Tu en as parlé à ton amie ? »

Voilà. C'est ça qu'il veut savoir. « Foxfire ? Non. Elle s'est endormie sur le chemin quand je l'ai ramenée chez elle.

— Tu vas lui en parler ?

— Non. » Ma voix se brise. « Pas du tout. Je n'en parlerai à personne. Je n'ai pas envie qu'on me prenne pour une folle. » *Qu'on sache que je suis folle.*

« Est-ce que tu me dis juste ce que je veux entendre ?

— J'ai l'air du genre de fille à raconter des conneries ? »

Il sourit, un sourire ravageur qui fait trembler mes entrailles. « Tu es avocate, après tout. » Il pose sa grande paume sur mes genoux. Je fixe ses phalanges tatouées, ses longs doigts en train de me caresser. Je n'aurais jamais pensé que les jambes pouvaient être une zone érogène. J'ai encore la tête un peu légère après mon orgasme, mais je ne suis pas contre remettre le couvert.

« Tu peux me donner ta parole ? »

Je hoche la tête, puis acquiesce encore plusieurs fois pour faire bonne mesure. Est-ce vraiment tout ce qu'il veut ? Ma promesse de me taire ?

Il serre mon genou. « Merci. Écoute, je ne veux pas te faire peur, mais… les loups n'apprécient pas que des humains soient au courant de leur existence.

— Je n'ai pas vraiment demandé à savoir. »

Il me refait son sourire dévastateur, et mon entrejambe se liquéfie. « Je sais, Amber. Je veux juste que tu comprennes que nous aurons un gros problème si tu en parles à quelqu'un.

— Tu me redonneras la fessée ? » Bon sang, ma voix était censée être acerbe, pas essoufflée et tremblante, comme si j'avais encore envie qu'il me fesse allongée sur ses genoux. Oh, c'est vrai. C'est exactement ce que je veux.

« Ta fessée t'a plu, Amber ? » Sa voix rauque et séductrice fait vibrer son torse.

« Non. » J'essaie de me lever, mais il se penche en avant et pose ses mains rêches sur mes cuisses. Pour bouger, je devrais le pousser ; or le toucher serait dangereux.

« Je crois que si. » De petites rides sexy apparaissent aux coins de ses paupières. Il se moque de moi.

« Qu'est-ce que tu feras si je dis à quelqu'un que tu es un loup ? » je demande, surtout pour plomber l'atmosphère.

Ses yeux bleus prennent une teinte glacée. Ses mains se serrent autour de mes genoux, et je me demande comment j'ai pu apprécier leur contact un instant plus tôt. Je sens mon corps se pétrifier alors que je fixe le prédateur devant moi.

« Tu ne veux pas savoir », grommelle-t-il sombrement. La menace dans ses yeux finit d'anéantir l'ambiance sexy.

« Bon, d'accord, dis-je quand je retrouve ma voix. Je n'ai pas besoin de savoir. Je n'en parlerai à personne, même sous la torture. » Cette dernière partie était censée être une plaisanterie, mais je bafouille. J'ai l'impression d'avoir un trou dans l'estomac.

Son corps musclé se détend. Au bout d'un moment, le mien aussi.

« Bonne fille », dit-il.

Un soupir m'échappe, si profond qu'il me secoue.

« Viens ici », murmure-t-il en me prenant dans ses bras. Je reste pétrifiée, stupéfaite, avant de fondre contre lui.

« Je suis désolé si je t'ai fait peur ce soir. » Sa voix résonne dans sa poitrine. Il caresse mon dos en un mouvement réconfortant. C'est vraiment agréable.

« Oh, je n'ai pas eu peur. J'escalade régulièrement mon balcon à deux heures du matin. »

Son rire me réchauffe. « Tu me plais vraiment beaucoup, Amber. » Il se lève et me repose sur mes pieds, comme s'il ne venait pas de mettre mon monde sens dessus-dessous. « J'espère qu'on a un accord ?

— Oui. Je suis une tombe.

— Bonne fille. »

Putain. Ces mots...

Je lève le menton. « Je me réserve le droit de te poursuivre pour agression. »

Il me fait un nouveau sourire, un sourire animal qui révèle ses dents et contracte ma chatte. Il se penche pour replacer une mèche de cheveux derrière mon oreille. « Je pourrais m'excuser, susurre-t-il, mais je ne regrette vraiment pas. J'ai adoré voir ton petit cul sublime. Et cette culotte... » Il pousse un grondement de satisfaction. Une autre contraction de mon entrejambe. « Viens, chérie. Il est tard, et tu as besoin de repos. » Il me raccompagne jusqu'à la porte, sa main dans le creux de mon dos. Je pensais qu'il allait refermer derrière moi, mais il m'escorte jusqu'à mon appartement, comme un vrai gentleman. Nous restons devant ma porte un instant avant que le déroulement de la soirée ne me revienne.

« Mince. C'est fermé à clé.

— Je m'en occupe. Je suis doué pour crocheter les serrures. »

Il disparaît dans son appartement et revient avec un crochet et un autre outil de petite taille.

« Tu vas crocheter ma serrure ?

— C'est une compétence utile, même si elle ne me sert pas souvent. Je serais plutôt du genre à gonfler mes joues et à souffler de toutes mes forces jusqu'à ce que la maison s'envole. »

Un rire à demi hystérique s'échappe de mes lèvres. « Tu n'as pas un double des clés de chaque appartement ? Ce ne serait pas plus simple ?

— C'est plus marrant comme ça. Tu veux apprendre ? Je vais te montrer. En fait, c'est vraiment facile. À moins que la princesse ne veuille pas se salir les mains, ajoute-t-il en me voyant hésiter.

— N'importe quoi, je lâche.

— Voilà ce qui se passe quand tu traînes avec un voyou. » Avec un clin d'œil, il me tend le crochet.

Appuyé contre le mur, il m'apprend à pénétrer par effraction chez quelqu'un. « Ce crochet sert pour la tension, place-le au bas de la serrure. Non... » Sa grande main se pose sur la mienne. Je sursaute.

« Doucement », me murmure-t-il à l'oreille, et je manque soudain d'air. Il déplace le crochet et me montre comment appliquer la pression dans la direction que prendrait normalement la clé. « Maintenant, insère l'entraîneur au-dessus. Voilà, comme ça. Fais bouger la pointe d'avant en arrière pour soulever chaque goupille. Oups – tu as relâché le crochet. Tu dois continuer d'appuyer dessus, parce que c'est ça qui va ouvrir la serrure. Réessaie. »

Que le procès-verbal reflète : *crocheter une serrure est facile.* Ou du moins, ce serait facile si je n'étais pas collée-serrée contre une bombe atomique. L'électricité parcourt mon corps, des petites décharges pulsent entre mes jambes.

J'ai la tête pleine de la voix profonde et des instructions patientes de Garrett. Il est si doux, alors qu'il m'a trimballée comme un trésor de guerre quelques moments plus tôt. Et m'a donné une fessée. *Bon Dieu.* Chaque fois que j'y repense, j'ai des papillons dans le ventre et ma chatte se contracte. Même lorsqu'il m'a corrigée, je me sentais en sécurité.

Mes doigts tremblent, glissent. « Je n'y arrive pas.

— Ça va venir, essaie encore. Tu peux y arriver. C'est facile, une fois que tu as pris le coup. Rien ne sert de courir, Maître », chuchote-t-il alors que je fais bouger l'entraîneur d'avant en arrière.

Je libère les goupillons un à un, et le crochet tourne. « J'ai réussi ! »

Il ouvre la porte en souriant. Je veux lui rendre les outils, mais il secoue la main. « Garde-les. Ils pourraient t'être utiles.

— Tu es mon propriétaire. Tu es sûr que tu devrais m'apprendre à crocheter les serrures ?

— Je compte sur toi pour être sage. » Il pose un doigt sous mon menton et me fait lever la tête. Son visage emplit mon champ de vision. « Jusqu'à ce que je te dévergonde. »

Je n'arrive plus à respirer. Va-t-il m'embrasser ?

Il baisse la main. « Souviens-toi de ta promesse.

— Ou sinon ? » Sa proximité m'enhardit. Je suis un peu ivre de sa présence. Ou peut-être que j'ai juste perdu l'esprit.

« Sinon, tu seras punie. » Ses yeux lancent des éclairs.

J'humecte mes lèvres. « Et si je suis sage ? »

Une pause, puis il me presse contre la porte. Ses grandes mains se posent de chaque côté de mon visage et sa bouche s'écrase contre la mienne.

C'est un baiser incroyable. Un baiser de voyou. Un baiser de coquine. Il me plaque contre la porte, sa bouche dévore la mienne. Son genou appuie entre mes jambes écartées, sa cuisse musclée juste sur ma chatte. Des étincelles envahissent mon esprit et mon corps s'embrase dans un déchaînement de feux d'artifices dignes du quatorze juillet. Je me déhanche contre lui, incapable de résister à la marée montante de plaisir.

Que le procès-verbal reflète : *les loups-garous embrassent divinement bien.*

Au dernier moment, il s'écarte.

« Bon sang, je souffle.

— Exactement, bébé. » Il avance les hanches, et son érection m'effleure. « Sois sage, et tu recevras peut-être une autre récompense. »

~.~

Garrett

Je sirote une bière sur le canapé, les yeux levés vers la lune alors que je tente de maîtriser mon loup. Vilaine, vilaine fille qui a pris la fuite devant lui. Et sa réaction à la fessée... Bon sang, ma queue est raide comme un piquet chaque fois que j'y repense.

J'entends des pas dans le couloir avant que la porte de mon appartement ne s'ouvre en claquant.

« Pas si fort », je crie, avant de grimacer. On dirait mon père.

Putain, qu'est-ce qui m'a pris de penser que vivre avec les membres de ma meute était une bonne idée ? C'était marrant en sortant de la fac, mais j'ai maintenant vingt-neuf ans, je suis un homme d'affaires. La moitié de l'immobilier du centre-ville m'appartient. Il est peut-être temps d'acheter une maison et de trouver une compagne. De grandir, quoi. Mais ça me transformerait en mon père.

Bon sang, mon loup est vraiment survolté si je pense à prendre une compagne.

« Qu'est-ce que..., commence Trey, ses iris virant à l'argenté.

— Tout va bien », je réponds. Ils sentent Amber.

« Qu'est-ce qui se passe entre cette humaine et toi ? Tank a dit que tu étais parti avec elle », dit Jared.

Je fais un bruit dédaigneux, qui me décrédibilise plus qu'autre chose. « Tank s'est trompé. Je suis allé faire un tour, puis je suis rentré ici. Tu sais, chez moi. »

Les yeux de Jared ne sont pas argentés, mais il redresse le menton, renifle comme un loup les effluves de l'odeur vanillée d'Amber. « Mais elle venue ici.

— On a eu une petite discussion, tous les deux. » Je bois une longue gorgée de bière, et poursuis en gardant un ton désinvolte : « Elle sait. »

Jared et Trey se pétrifient.

« Comment ? » demande Trey. Il carre les épaules comme s'il était sur le point de muter. Jared s'assied sur une chaise en face de moi. Je sens la tension qui l'agite, comme un prédateur en alerte.

Et ils ont raison d'être nerveux. Amber représente une menace pour la meute si elle est au courant de l'existence des métamorphes.

« Calmez-vous. » Je n'arrive pas à supprimer entièrement le grondement de ma voix. « Elle est de notre côté.

— Quoi ? demande Jared en penchant la tête.

— Tu lui as tout raconté ? » demande Trey comme s'il ne m'avait pas entendu, en tiraillant son piercing à la lèvre avec sa langue. C'est l'intellectuel de la meute. J'aurais dû le forcer à finir la fac, parce qu'il est le genre de type à faire des recherches sur absolument tout ce qui l'intéresse, sur n'importe quel sujet. C'est un excellent conseiller et stratège. « Les humains ne peuvent pas savoir qu'on existe, G. La loi...

— Ferme-la, Trey », le coupe Jared. Ils n'ont pas à contester mes décisions, quelles qu'elles soient.

Je pose brutalement ma bière sur la table basse. « Non, je ne lui ai rien dit. Et je connais les lois. Même si celle-ci n'a pas été appliquée depuis soixante-dix ans.

— Ouais, parce que ton père ouvrirait le ventre de n'importe quel métamorphe qui ne tiendrait pas sa langue », grommelle Jared. Ses yeux aussi sont devenus argentés.

« Je ne suis pas mon père. » Ils se raidissent en m'entendant gronder ; je me force à me détendre. « C'est peut-être comme ça que mon père fait les choses, mais je ne pense pas que ce soit nécessaire. Comme je viens de le dire, elle est de notre côté.

— Une métamorphe ? » demande Jared, même s'il sait déjà sûrement que non à son odeur.

Je secoue la tête. « Une extralucide. Je ne lui ai rien dit, elle l'a deviné. Ou vu. » Je me lève et croise les bras. « Mais on a discuté, et elle ne dira rien. »

Trey se mord la lèvre.

Jared m'observe. « Tu vas en parler à Tank ? »

Je serre les poings. Est-ce que c'est Tank, leur putain de chef ? « Pas besoin. Elle n'en parlera à personne.

— Chaque fois que tu parles d'elle, on voit le loup dans tes yeux, remarque Jared. On a commencé à prendre des paris sur le temps qu'il te faudra pour en faire ta compagne. »

S'ils ont pris des paris, ça signifie probablement que toute la meute sait que je me suis entiché d'une humaine. Les enfoirés.

« Je veux la protéger », j'admets. *Et la baiser comme un*

dingue. « C'est une fille bien, et elle ne contrôle pas ses visions. » Et mon loup veut la savoir en sécurité. Au départ, je comptais nier la vérité ; mais sans savoir pourquoi, je n'ai pas eu envie de lui mentir.

Je ne suis pas folle, a-t-elle dit, et c'était fini. Je ne pouvais pas la laisser penser une chose pareille. Je ne pouvais pas la faire souffrir. Je suis un alpha. Je protège les faibles. Et je protège Amber Drake.

« Elle est de notre côté, je répète. Elle a promis de ne rien dire. Je la crois. Et mon loup lui fait confiance, donc... » Je hausse les épaules en étudiant leur langage corporel. La plupart des membres de ma meute me sont loyaux, mais je suis en train de faire une entorse aux règles. Si je soupçonne le moindre loup de vouloir du mal à Amber, je ferai le nécessaire pour assurer sa sécurité.

« Comme tu veux, chef. » Trey se laisse tomber sur un fauteuil près de Jared.

Je pousse un grognement approbateur mais, au fond, je suis soulagé qu'ils le prennent si bien.

« Ouais, dit Jared avec un petit sourire en s'asseyant confortablement dans le canapé. Il est grand temps que tu prennes une compagne. »

Les yeux manquent de me sortir de la tête. « Quoi ?

— On t'a suivi à Tucson parce que la meute de ton père est trop stricte, elle ne laisse pas assez de liberté aux loups. Mais le célibat commence à devenir pesant. Je suis prêt à me trouver une petite louve, à la marquer et à me caser. Je pense qu'on est plusieurs dans ce cas, mais on t'attend.

— Conneries. » Ces mecs sont des fêtards invétérés. L'idée que n'importe lequel d'entre eux ait envie de se ranger dans un futur proche est ridicule.

Jared se contente de sourire. Je suis presque sûr qu'il

prêche le faux pour savoir ce que je pense vraiment d'Amber.

« Je ne vais pas en faire ma compagne, dis-je d'une voix ferme. Vous savez bien que je ne peux pas m'unir à une humaine, même extralucide. » Mais mon loup n'est pas de cet avis. De nombreux métamorphes s'unissent à des humains ; c'est donc possible. Je devrais juste faire attention à ne pas la marquer, car ma morsure pourrait lui être fatale. Cependant, prendre une compagne humaine me coûterait ma position d'alpha. Ce serait considéré comme un signe de faiblesse. Nos enfants auraient le sang faible.

« Moi, en tout cas, je suis prêt à me ranger, déclare Trey avant de bâiller.

— Tu veux juste te faire sucer régulièrement, lâche Jared.

— Ouais, et alors ? Pas toi ? » Trey prend le coussin sur lequel il est assis et le jette sur son frère de meute.

— Les mecs », je les réprimande distraitement. Imaginer Amber devenir ma compagne me fait tourner la tête. C'est ridicule. Mais maintenant que c'est sur le tapis, mon loup ne peut s'empêcher de saliver à l'idée que cette petite avocate collet monté soit à moi. J'ai envie de détacher son chignon, de l'attacher au lit et de lui écarter les cuisses. De passer si longtemps à lécher sa chatte qu'elle se brise la voix à force de crier. Toutes les nuits. Pour le restant de mes jours.

Ça n'arrivera pas, mon pote.

« T'inquiète pas, dit Jared. On trouvera une autre piaule quand tu auras conclu avec l'humaine. » Il échange un sourire avec Trey, et j'ai envie de les frapper. Cette situation les amuse beaucoup trop.

« En attendant, on s'achètera des boules Quies, ajoute Trey.

— J'ai déjà des boules Quies, rétorque Jared en balançant le coussin sur Trey. Les cris que tu pousses quand tu te branles m'empêchent de pioncer.

— Je ne crie pas. » Trey renvoie le coussin et se jette sur son frère de meute pour lui donner des coups de poing joueurs.

— Les mecs », je fais d'une voix d'avertissement, et ils se calment. « Rendez-moi service. Ne vous inquiétez pas. Amber est sous ma protection, mais putain, ça ne veut pas dire qu'elle est ma compagne.

— Mais elle va peut-être devenir ta compagne de baise. » Jared sourit, comme s'il savait que c'est exactement ce que j'espère. « On te laissera préparer le terrain avant de nous la présenter. À ce moment-là, on mettra un sac en papier sur la tête de Trey. »

L'échange de coups reprend. Je récupère ma bouteille de bière avant qu'elle ne se renverse et les regarde chahuter en espérant que le vacarme ne réveillera pas Amber.

Je sais que je peux faire confiance à Trey et Jared, mais je n'ai pas envie d'en parler à Tank. Il se précipitera pour tout répéter à mon père. Si mon père décide qu'Amber représente une menace, il n'hésitera pas à ordonner sa mise à mort. Avec lui, aucun compromis n'est possible. Il voit tout en noir et blanc. Je l'entends encore en train de sermonner Sedona et moi : *C'est ainsi qu'on survit.*

Mais personne ne touchera à Amber. Je buterai tous ceux qui essaieront. À cette simple pensée, un grondement fait trembler mon torse.

Mais ça ne signifie pas que je peux avoir Amber pour autant.

CHAPITRE QUATRE

Amber

Dans mon rêve, je suis pourchassée par un loup. Une bête gigantesque aux yeux d'argent qui se métamorphose en un homme très grand et musclé. Il me prend dans ses bras, me plaque contre son corps athlétique, et...

Je me réveille en jouissant.

Que le procès-verbal reflète : *la pleine lune déchaîne les loups-garous*. Ou est-ce moi qui suis déchaînée ?

Mon reflet dans le miroir de la salle de bains a les joues rouges. Apparemment, plus c'est déchaîné, plus ça me plaît.

Je pousse un soupir et commence à démêler ma chevelure. Plusieurs visions, une soirée horrible en discothèque et une rencontre avec un loup-garou. En somme, une autre semaine ordinaire dans la vie d'Amber la folle.

Après deux heures passées à récurer frénétiquement toutes les surfaces de mon appartement, je me sens un peu mieux. Je peux peut-être continuer à vivre normalement, comme si de rien n'était. Garrett m'a demandé de ne rien dire à personne, alors autant prétendre qu'il ne s'est jamais rien passé, non ?

Bon, il se trouve que trois gigantesques types flippants se transforment en loups. La belle affaire. Moi aussi, je me transforme en monstre une fois par mois, quand j'ai mes règles. J'ai peut-être plus en commun avec Garrett que je ne le pensais.

J'enfile ma tenue de yoga, ramasse mon tapis et sors de mon appartement, en m'arrêtant un instant pour vérifier que mes clés sont dans mon sac. Mon dos et mes fesses picotent comme s'ils se souvenaient du contact de Garrett. Il m'a rattrapée quand je suis tombée, m'a raccompagnée jusqu'à ma porte et m'a appris à crocheter une serrure. Il a pris soin de moi.

Dois-je faire comme si ce n'était jamais arrivé ? Et nos baisers, la fessée et ses doigts habiles entre mes jambes ?

J'aspire une goulée d'air en sentant mon entrejambe s'éveiller et mes joues s'empourprer à ces doux souvenirs. Je baisse la tête et cours pratiquement dans le couloir jusqu'à l'ascenseur. Une fois dehors, je rejoins ma voiture. Aucun loup ne m'accoste. Je suis presque déçue.

La vie d'Amber la fille normale a peut-être repris son cours. Quand je reverrai Garrett, je ferai comme s'il ne s'était rien passé.

Je m'installe au volant de ma voiture, et suis sur le point de sortir de la place de parking quand j'aperçois Garrett. Ses épaules carrées étirent son T-shirt au motif camouflage, ses bras musclés sont croisés sur son torse. La tête penchée, il m'observe.

Je lui fais un signe de main en ignorant les caracolades de mon cœur, puis, j'appuie à fond sur l'accélérateur. La voiture se propulse en avant. J'ai oublié de passer la marche arrière. Les roues avant de ma Volvo montent sur les bites en béton, et l'avant de la voiture va s'écraser contre le mur.

Une seconde plus tard, ma portière est arrachée de ses gonds avec un crissement métallique.

« Bébé, tu vas bien ? » Garrett est penché au-dessus de moi. Il détache ma ceinture, me tire hors de la voiture et me prend dans ses bras.

« Bonjour, voisin. » Ma voix tremblote. Et moi qui voulait la jouer cool.

« Putain, qu'est-ce qui s'est passé ?

— Tu m'as surprise. Je, euh... » L'odeur de Garrett m'enveloppe, calme mes nerfs en pelote. Mes mains sont posées à plat sur son torse dur.

« Amber ? »

Concentre-toi ! Amber l'avocate n'est jamais à court de mots. « Hum, tu es en train de *gronder* ?

— C'est mon loup, lâche Garrett entre ses mâchoires serrées. Il s'inquiète pour toi.

— Oh. Salut, le loup », dis-je en direction du nombril de Garrett. Son T-shirt s'est relevé, révélant des muscles de la taille de petits pavés.

Le grondement reprend quand Garrett éclate de rire. Ce son agréable me détend. Je suis dans les bras de mon voisin sexy, en train de parler à son loup. Non, ce n'est dingue du tout.

Garrett replace une de mes mèches derrière mon oreille, caresse ma joue du gras du pouce, se penche et m'embrasse.

Dès que nos lèvres se touchent, de petites décharges électriques me parcourent. Je soupire et viens à sa rencontre, prête à me frotter contre lui. Ma main passe sous son T-shirt, caresse ses muscles sculptés. Garrett penche la tête et pose une main sur ma nuque. Son baiser devient plus passionné. Sa langue glisse dans ma bouche, éveille mon bas-ventre.

Le baiser se prolonge, encore et encore. Quand nos bouches se séparent, je suis à bout de souffle. Il me tient contre lui, sa main toujours sur ma nuque, et pose son front contre le mien.

Je me sens comme l'héroïne d'un roman d'amour de Jane Austen. Ma poitrine se soulève rapidement, je suis sur le point de tomber en pâmoison. « Hum. Ouah. Est-ce que tous les loups-garous embrassent comme ça ? » je demande bêtement. Vraiment ? Où est Amber, la fille équilibrée, capable de disputer des joutes verbales face aux meilleurs avocats dans une salle d'audience ?

Un éclat argenté passe dans son regard. « Je suis le seul loup que tu embrasseras.

— Oui, bien sûr. Je ne comptais même pas t'embrasser. C'est toi qui n'arrêtes pas de le faire. Et je continue à te laisser faire.

— Je suis content que tu n'aies rien. » Il lâche ma nuque, et sa main me manque immédiatement. « Je me suis un peu inquiété.

— Je vois ça. » Ma portière pendouille, désormais uniquement retenue par le gond du bas. Mes roues avant sont coincées entre le mur et le bloc en béton. « Qu'est-ce que je vais faire ?

— Je suis surpris que ton assistance auto ne soit pas dans tes numéros favoris, princesse.

— Elle l'est. Mais comment j'explique ça ? » Je montre les profondes empreintes dans le métal de la carrosserie, laissées par les mains de Garrett.

« Je m'en occupe. Plusieurs loups de ma meute sont mécaniciens. Ils pourront réparer ça.

— Mais comment va-t-on la sortir de là ? »

Garrett est déjà en train d'écrire un message sur son téléphone. Presque immédiatement après, deux malabars
sortent de l'immeuble. Une fois encore, j'ai un mouvement
de recul instinctif.

« Tu te souviens de Jared et Trey ?

— Salut, Maître », dit Jared, celui avec le crâne rasé et les
bras tatoués, avec un salut de la tête.

Celui couvert de piercings me fait carrément un sourire
avant de montrer ma voiture.

« C'est ça, le souci ?

— Ouais, répond Garrett en rangeant son téléphone
dans sa poche. Tank arrive avec une remorqueuse. Mais je
ne veux pas la laisser comme ça en attendant. »

Les deux voyous se placent chacun d'un côté de ma
voiture.

« Ça dit quoi ? » demande Gueule d'acier, alias Trey.

Posté à l'arrière du véhicule, Garrett regarde aux alen-
tours. « Une mamie, à quinze heure. »

Ils s'appuient tous les trois contre la voiture comme s'ils
discutaient, le temps que la femme traverse le parking,
monte dans sa voiture, démarre et s'éloigne.

« La voie est libre », murmure Garrett.

Les trois hommes se penchent, trouvent des prises sur
ma voiture et la soulèvent comme si elle ne pesait rien. Ma
mâchoire se décroche. Que le procès-verbal reflète : *les
loups-garous possèdent une force surhumaine.* Ils reposent délicatement le véhicule sur la place de parking.

« Merci, les gars », dit Garrett avec un hochement de tête.
Ses deux acolytes me font un clin d'œil et disparaissent
avant que je ne retrouve ma langue.

« Efficace, comme méthode.

— Tank arrive bientôt avec la remorqueuse.

— Merci.

— Pas de quoi, princesse. »

Et moi qui pensais passer un samedi ordinaire. « J'imagine que je vais louper le yoga.

— Je peux t'aider, si tu veux.

— Comment ? Tu vas m'apprendre à démarrer une voiture avec les fils ? »

Il sourit, secoue la tête. « Je vais faire mieux que ça. » Il disparaît au coin du bâtiment. J'entends le rugissement d'une moto.

« Oh, non. » Je secoue la tête en le voyant revenir sur une grosse Harley noire. « Je ne monterai pas sur ce truc.

— Allez, Maître, dit-il en me lançant un casque. Lâche-toi un peu. »

~.~

Que le procès-verbal reflète : *penser à toujours emporter une culotte de rechange lors d'une virée à moto.* Parce qu'une moto est un peu comme un vibro. Un très gros vibro.

Je m'accroche à Garrett, me presse contre son dos alors que le vent fait voler mes cheveux autour de mon casque.

« Hé ! je crie lorsque nous sortons du centre-ville. Mon studio de yoga est dans Armory Park !

— Changement de programme, princesse. Je t'invite à déjeuner. » Il s'arrête bientôt devant un petit stand de tacos mexicains sur la rive ouest de la rivière Santa Cruz, désormais à sec.

Je pourrais protester, mais je suis plutôt contente. De toute manière, je serais arrivée en retard au yoga ; et, bien que sache que c'est une mauvaise idée, j'ai envie de passer plus de temps avec mon voisin autoritaire. Même si c'est sur une machine infernale. Qui fait des merveilles entre mes jambes.

Garrett commande dix tacos au bœuf, paie le vendeur et me tend le sac en papier avec notre repas. « On y va.

— Où ça ?

— Pique-niquer. » Il démarre la moto et tourne en direction de A Mountain en se penchant dans le virage. Cette colline est dénommée ainsi à cause du A géant peint sur son flanc, pour l'université d'Arizona. Je me penche avec lui, en tentant de ne pas penser au fait que je suis collée contre le mec le plus sexy que j'ai jamais rencontré. C'est presque comme si je n'avais jamais eu d'orgasme ce matin.

Nous approchons de A Mountain, et notre route est encadrée par des sentinelles de cactus saguaros alors que nous filons sur l'asphalte. Le soleil est haut dans le ciel, mais le vent qui souffle autour de nous rend la température parfaite.

Le temps que Garrett s'arrête à un point de vue, j'ai même commencé à m'amuser. La vue sur la ville et le paysage alentour est incroyable. Des roitelets chantent depuis leurs nids dans les cactus géants. Alors, voilà à quoi ressemble la vie de Garrett. La liberté.

Mon nœud familier d'anxiété a disparu, comme si j'avais absorbé sa force et son assurance. Sa certitude inébranlable que la ville lui appartient et qu'il n'y a rien qu'il ne puisse accomplir. Je sais que je projette, mais mon intuition me dit que j'ai raison. Ce que je ressens est réel. Garrett est maître de sa vie, du centre-ville, de cette montagne.

Mais c'est idiot. Il a beau être un loup-garou, ça ne le rend pas invulnérable. « Tu ne devrais pas mettre un casque ? je lui demande en ôtant le mien.

— Tu t'inquiètes pour moi, princesse ?

— Non, je marmonne. Un accident ne ferait probablement même pas une bosse à ta tête dure. »

Il se contente de me regarder en souriant. « La balade t'a plu ?

— C'était sympa, je réponds en rougissant.

— Content de t'avoir dépucelée. Ta première fois à moto, je veux dire. »

J'essaie de ne pas imaginer comment ma première fois se serait passée s'il avait été mon premier. Tellement mieux qu'avec Tommy Jackson.

Il éclate de rire. « Allez viens, princesse », dit-il en me guidant jusqu'à une table de pique-nique. Nous nous asseyons, et il sort les tacos du sac. « Tiens. Bon appétit.

— Merci de m'avoir demandé ce que je voulais, je grom-melle. Je pourrais être au régime. Ou végétarienne. »

Il se fige, l'air horrifié. « Tu es végétarienne ?

— Non. » Mon ventre gargouille.

« Le ciel soit loué. » Il prend un taco et l'avale en une bouchée.

Je crains soudain qu'il n'y en ait pas assez pour nous deux. « Mais je surveille ma ligne. »

Il a un reniflement incrédule. « Pourquoi ?

— Pour la même raison que je fais du yoga toutes les semaines. C'est ce que font les gens normaux pour garder la forme, tu sais.

— J'aime tes formes. » Ses yeux bleus descendent vers ma poitrine et s'y attardent. Mes tétons pointent sous son attention. « Je te propose un truc : tu manges, dit-il en me tendant un taco, et je surveillerai ta ligne.

— Quoi ?

— Je la surveillerai de très, très près. » Il baisse la tête sous la table pour regarder le bas de mon corps.

Je serre les genoux, mais une lente pulsation prend vie entre mes jambes. Je l'imagine passer sous la table, m'écarter les jambes. Poser ses lèvres sensuelles sur mon sexe. « Je suis sûre que tu adorerais ça, mais non merci. » Je maudis ma voix rauque et essoufflée. Je mords dans le taco et pousse un petit gémissement. C'est vraiment délicieux.

L'homme – le loup – assis de l'autre côté de la table a l'air de vouloir me manger, moi.

Bon Dieu, est-ce que les loups-garous mordent ? Pourquoi n'ai-je pas encore posé la question ?

D'un geste du menton, je désigne ses phalanges, sur lesquelles les différentes phases de la lune sont tatouées à l'encre bleue. « Pour quelqu'un qui tient à son secret, tu ne crois pas que ce tatouage est un peu révélateur ? »

Un coin de sa bouche se soulève en un demi-sourire. « La plupart des humains ne sont pas comme toi, Amber. »

Ce n'était peut-être pas un compliment, mais sa manière de me regarder fait chauffer mon bas-ventre. « A-alors, comment ça marche ? Est-ce que tu mords des gens pour les transformer en loups-garous à la pleine lune ? »

Garrett aboie un rire. « On est pas des sangsues. »

Je le regarde sans comprendre.

« Des vampires. »

Mes tripes se nouent. Les vampires existent aussi ? *Au secours.*

« Non. Tu ne peux que naître métamorphe. On ne *transforme* personne. En fait, c'est pitoyable ; il ne reste que très peu d'entre nous. À force de se reproduire avec des humains, notre espèce a été décimée. »

Je meurs soudain d'envie de tout savoir à leur sujet – de rencontrer toute la meute et d'apprendre à les connaître. J'ai l'impression que ce sont des informations qui m'ont manqué toute ma vie, que j'aurais dû savoir.

« J'ai une question pour toi, Maître, dit Garrett après son sixième taco. « Comment fais-tu pour conduire si tu as des visions tout le temps ?

— Je peux les réprimer. En général, ça n'arrive que quand je suis au milieu d'une foule. Ou quand on me touche. »

Il montre les dents, comme s'il ne supportait pas l'idée qu'on me touche. « Comment est-ce que tu fais pour ne pas vivre en ermite ?

— C'est plus ou moins le cas. Je ne sors pas beaucoup, à part pour aller au yoga et travailler. Foxfire est ma seule amie proche. » Ma vie a l'air pathétique. Amber la fille normale est plutôt nulle.

« Pourquoi as-tu décidé de devenir avocate ?

— Au lieu de devenir voyante, tu veux dire ? » je demande en prenant la mouche.

Il éclate de rire. « Non, bébé. Étonnamment, je n'arrive pas à t'imaginer en diseuse de bonne aventure. Je me demande simplement pourquoi une femme aussi séduisante et talentueuse que toi a choisi un métier si rigide. »

Il sous-entend que je suis trop coincée. Je touche ma chevelure emmêlée, regrettant soudain la sécurité de mon chignon habituel. « Je travaille avec des enfants placés en foyer. Je les aide à sortir de mauvaises situations.

— Ce n'est pas du volontariat, ça ?

— Presque, je concède. J'ai de la chance d'avoir reçu une bourse pour mes études de droit, parce que je ne pourrais pas rembourser mes prêts étudiants et payer un loyer.

— Je ne savais pas que tu avais la fibre humanitaire.

— Eh si. Foxfire dit que je suis une libérale au grand cœur. Je veux me rendre utile, et si je peux aider ces gamins à naviguer à travers le système, leur éviter ce que... » Je m'interromps. C'est sorti tout seul.

« Leur éviter..., m'encourage Garrett quand je ne continue pas. Qu'est-ce que tu allais dire ? »

Je pose ce qui reste de mon second taco. Devrais-je lui en

parler ? « J'ai été placée en foyer, dis-je en ravalant la boule qui me bloque la gorge. J'ai vécu en foyer ou en famille d'accueil à partir de mes six ans. »

Il serre les poings, sa mâchoire se crispe. Il a l'air à la fois malade et un peu furieux. « Putain, tu plaisantes ?

— On se calme, Hulk. »

Il exhale lentement et se lève.

Je le suis des yeux pendant qu'il fait le tour de la table et s'assied à côté de moi sur le banc en béton, une jambe de chaque côté.

Il tend la main pour faire pivoter mes genoux vers lui et me fait tourner sur place. Il laisse sa main sur mon genou et pose l'autre dans mon cou. Ses sourcils sont froncés en une expression inquiète. « Tu vas bien ? » demande-t-il d'un ton bourru, comme s'il avait envie de remonter le temps pour botter les fesses de tous ceux qui m'ont fait du mal par le passé.

« Ouais », je souffle d'une voix mal assurée. Je n'arrive pas à croire que je lui en ai parlé. Je n'ai pas respecté ma règle numéro un pour cacher Amber la folle. Il a fallu des années à Foxfire pour arriver à me faire cracher le morceau. « Être placée en famille d'accueil m'a sauvée, mais ce n'était pas facile. Je faisais tout pour avoir l'air normale, mais on finissait toujours par me renvoyer parce qu'on me prenait pour une folle. Tu sais, à cause de...

— Des visions ?

— Ouais. Ma dernière famille d'accueil pensait que je me droguais, dis-je en secouant la tête. Ils ont passé des années à essayer de me soigner avec des traitements.

— Ça a aidé ?

— Non. Je me sentais encore plus mal. Mais ils pensaient bien faire. Et ma vie en foyer ou en maison d'accueil était bien meilleure que l'alternative.

— Et maintenant, tu travailles avec des enfants pour garantir qu'ils aient la vie qu'ils méritent. » Ses yeux bleu outremer sont pleins de compréhension. Je ne veux pas de sa pitié, mais bon sang, c'est si agréable.

« Oui. » Je suis reconnaissante qu'il ait recentré la discussion sur le travail. C'est un sujet plus sûr. Je me lance dans une longue explication de mon quotidien en tant qu'avocate spécialisée dans la défense des enfants, et lui décris mes journées passées à représenter mes jeunes clients au cours des procédures de placement.

« Ça a l'air intense. On dirait aussi que tu fais vraiment une différence dans leurs vies. Pas si mal, pour une sale avocate. » Il essaie de prendre un ton léger, mais son regard porte encore des traces de la colère qu'il a ressentie en apprenant mon histoire.

Je lève les yeux au ciel et donne une petite tape sur son torse musclé.

Il attrape mes poignets et les serre dans sa grande main. « Pas de ça, vilaine fille. »

Oh, bon Dieu. Le souvenir de la fessée de la veille revient au galop. Enfin, ce n'est pas comme si j'avais cessé d'y penser un seul instant au cours de la journée.

« Ne me manque pas de respect, dit-il en baissant d'un ton. Sinon, je devrai encore te punir. »

Ma chatte se contracte, mais j'essaie de ne pas lui montrer que sa menace embrase mon corps.

Il baisse les yeux vers mes mamelons dressés, qui me trahissent en pointant à travers mon débardeur de yoga.

Mon visage chauffe. « C-c'est toi le vilain. Pas moi. » Je rapproche le sac de tacos. « Il en reste deux, tu ne vas pas les manger ? » Ma tentative de distraction est pitoyable, mais il l'autorise.

« Alors, si un homme d'affaires qui a envie de faire une

différence dans sa ville te demande de quoi ces enfants ont le plus besoin, que lui réponds-tu ? »

Je me redresse. « Par hasard, est-ce que ce propriétaire possède des immeubles dans tout Tucson ? Y compris l'Éclipse ?

— Peut-être, dit-il en souriant.

— Crois-le ou non, mais j'adorerais réserver ton club pour une soirée. »

Il hausse un sourcil. « Vraiment ?

— Vraiment. Une des assistantes sociales qui travaille avec le foyer cherche un lieu où organiser une "soirée en famille" pour les enfants et leurs familles d'accueil. Ce serait vraiment génial de les emmener à l'Éclipse. Ils se souviendraient longtemps de la fête.

— Je ne sers pas d'alcool aux mineurs, dit-il très sérieusement.

— Bien sûr que non », je proteste en donnant une petite tape sur sa main. Rapide comme l'éclair, il saisit la mienne. Sa bouche se referme sur mes doigts et il commence à les suçoter. J'entrouvre les lèvres, le lent mouvement de sa langue me fait monter le rouge aux joues. Une fois de plus, j'imagine sa langue en train de s'activer entre mes jambes. Pourtant, je n'en avais jamais eu envie avant. À vrai dire, j'ai même toujours trouvé ça plutôt dégoûtant. Pas très hygiénique. Mais la chaleur délicieuse de la bouche de Garrett m'en donne terriblement envie.

Lorsqu'il lâche ma main, je m'affale sur le banc.

Je déglutis avec difficulté avant de continuer. « C-ce serait une fête sans alcool. Juste des sodas et de la musique. Peut-être un petit spectacle. Les enfants trouveraient ça super cool. Ce serait un bon territoire neutre pour tisser des liens avec leurs nouvelles familles.

— D'accord, dit-il lentement. Je verrai ce que je peux faire.

— Tes colocataires seraient d'accord pour nous aider bénévolement ?

— Jared et Trey ? demande-t-il avec surprise. Ils feront tout ce que je leur dis de faire.

— Tu l'as dit toi-même : ce sont de vrais boy scouts. Ils seraient d'excellents modèles pour les jeunes. Tant qu'ils leur disent de ne pas fumer, de ne pas boire et d'étudier à l'école.

— Mon ami Tank possède une boutique de motos. Une poignée de lycéens passent régulièrement l'après-midi dans son atelier pour apprendre la mécanique avec lui. J'ai toujours pensé que ça pourrait être un programme officiel. Tu sais, un apprentissage professionnel, un truc comme ça. »

Je suis émue d'entendre que Garrett – le gigantesque loup que j'ai si mal jugé – a envie d'aider les jeunes de sa ville. « C'est une excellente idée. Tu aimerais le faire, toi aussi ? »

Il hausse les épaules. « Ouais. »

Je l'imagine en mentor de jeunes coriaces, et ne doute pas qu'il saurait leur insuffler de l'assurance et le sens des responsabilités. « Je suis sûre que tu feras un excellent père », dis-je sans réfléchir. J'écarquille les yeux quand je me rends compte que je viens de parler d'avoir des enfants pendant notre premier rendez-vous. Je ne sais même pas pourquoi j'ai dit ça. Si, je le sais. C'est à cause de mes ovaires hyperactives, qui lâchent des ovules toutes les deux minutes en espérant que je conclurai avec Garrett. « Je veux dire...

— Ouais, je leur apprendrai à crocheter des serrures et à conduire à moto. Le père idéal aux yeux de toutes les femmes, non ? » Sa voix comporte une note de défi, et j'ai une fois de plus honte de l'avoir jugé si hâtivement.

« Je suis désolée de m'être comportée comme une pimbêche quand on s'est rencontrés. Je m'inquiétais pour ma sécurité, et je... »

Il m'interrompt d'un baiser, colle ses lèvres contre les miennes avec un besoin silencieux.

Je ne résiste pas, et ouvre la bouche pour accueillir sa langue en essayant de ne pas faire attention à la terre qui s'incline sur son axe et menace de me faire tomber sur les fesses. Je suis soudain certaine que mes cheveux ne tiendront plus jamais sagement dans le chignon serré que j'avais l'habitude de porter.

« Oh, Amber, murmure Garrett en s'écartant. Si tu savais toutes les choses terribles que je veux te faire, tu comprendrais que tu avais raison d'avoir peur. »

Mes seins deviennent douloureux, mes tétons qui frottent contre le tissu de mon débardeur et me font mal. Je veux tout savoir sur ces choses terribles. Il m'a déjà donné une fessée. Qu'aime faire d'autre ce loup dévoyé ? Le bondage ? L'humiliation ? Je ne pensais jamais aller beaucoup plus loin que la position du missionnaire, mais c'est comme si une porte s'était ouverte pour me révéler un nouveau monde merveilleux.

Je cherche quelque chose à dire, un sujet neutre et sans danger. « Et toi ? je demande en tapant légèrement son pied du bout de ma chaussure. Comment t'es-tu lancé dans l'immobilier ?

— J'ai emménagé à Tucson à dix-huit ans. Mon père m'a prêté une somme de départ dont je me suis servi pour acheter une petite propriété commerciale, que j'ai mise en location. J'ai l'ai entièrement rénovée moi-même. Après, j'ai eu de la chance. La revalorisation du centre-ville a bien fonctionné, et la valeur de la propriété a crevé le plafond. J'ai pu faire un prêt hypothécaire pour rembourser mon père, et j'ai ouvert l'Éclipse. Le moins qu'on puisse dire, c'est que mon père était déçu.

— Parce que tu as ouvert une discothèque ?

— Ouais. Il dit que je resterai toujours un voyou. »

Une bouffée de colère m'envahit. J'ai peut-être porté le même jugement hâtif sur Garrett quand je l'ai rencontré, mais depuis, j'ai appris à le connaître et j'ai pu constater qu'il est bien plus qu'un voyou sur une moto. Et même en ayant reçu un prêt de départ de son père, être capable de bâtir un empire multimilliardaire à partir d'un seul bâtiment commercial démontre un talent pour les affaires et une grande intelligence.

Le sourire de Garrett n'atteint pas ses yeux. « Il a raison, je suppose. »

En apprenant l'opinion que son père a de lui, je comprends soudain pourquoi Garrett refuse de grandir. Avec un père pareil, il n'y a que deux possibilités : vouloir lui donner tort, ou lui donner raison. Apparemment, Garrett a décidé de lui donner raison. Oui, il est un peu vieux pour continuer à se rebeller, mais s'il a grandi dans l'ombre d'un père étouffant et toujours prompt à le critiquer, je peux comprendre que ça lui reste en travers de la gorge.

« Alors, à quoi ressemble une journée-type pour toi ?

— Je bois des bières. Je harcèle ma voisine sexy. » Il continue de jouer son rôle de gros dur.

Je recule le sac de tacos alors qu'il tend la main pour en prendre un. Il hausse un sourcil sévère. Je lui tends le sac en me retenant de sourire, et mate discrètement ses énormes pectoraux du coin de l'œil.

Il surprend mon regard et sourit. « Tu aimes ce que tu vois, mon ange ? »

Je hausse les épaules, comme si sa proximité ne me

faisait aucun effet. « Tu fais de la muscu pour en avoir des comme ça ?

— Nan. C'est dans mes gènes, bébé. » Il plie le coude et me montre son gros biceps. Je me demande combien de filles se jettent à ses pieds chaque soir à l'Éclipse. Cette idée me donne envie de toutes les étrangler.

Je reprends mes questions. « Tu gères le club ? Tes propriétés ?

— Non, j'ai des membres de ma meute et des employés pour ça, maintenant. Je les supervise. »

Les membres de sa meute. Il est à la tête d'une meute de loups. Je ne sais pas pourquoi, mais j'adore cette idée. Ces types qui m'ont semblé si effrayants et dangereux dans l'ascenseur le premier jour, tout comme les videurs baraqués du club, ne sont pas les membres d'un gang de motards. Enfin, peut-être que si, mais ils sont aussi membres d'une meute. Une meute de loups.

Je me demande tout à coup si tous les gangs de motards sont en réalité des meutes de loups ; gênée de mon ignorance, je n'ose pas lui poser la question.

S'habillent-ils comme des loubards délibérément, pour tenir les humains à distance ? Non que je m'en plaigne. Il est à tomber aujourd'hui, avec son habituel jean déchiré et un T-shirt délavé sur lequel est écrit *Dark Side of the Moon*.

Moon. La lune. Malin. Je me demande s'il collectionne tout ce qui a un rapport avec la lune.

« Mange ton taco, Maître. » Garrett a terminé les deux derniers, et pointe la moitié que j'ai laissée.

« Je n'ai plus faim.

— Alors, viens avec moi. » Il me fait lever, sa grande main avalant la mienne. Ses doigts sont assez puissants pour tordre le métal, et pourtant si doux avec moi.

Il me fait grimper plus haut dans la montagne, et sa

moto disparaît bientôt derrière nous. Nous finissons par quitter le sentier, et lorsque le chemin devient trop difficile pour mes tennis, il me soulève et me porte sans problème à travers le terrain rocailleux jusqu'au sommet de A Mountain, où il me dépose sur un petit rocher. D'ici, la vue est encore plus spectaculaire.

« C'est ce que tu voulais me montrer ? je demande.

— Je voulais juste changer de cadre, dit-il en entortillant une de mes mèches de cheveux autour de son doigt. Ce que tu m'as dit à la table de pique-nique, sur ton enfance en foyer... Tu en as parlé à beaucoup de monde ? »

Je déglutis. « Non.

— Tu es proche de ta famille adoptive ?

— La dernière ? Celle qui a voulu me faire prendre des traitements ? Pas vraiment. Je crois que j'ai suivi des études de droit juste pour prouver que je n'avais pas besoin d'aide, ni d'eux, ni de personne.

— Tu as des amis proches ? Quelqu'un qui sait que tu es extralucide ?

— Juste Foxfire. Au moins, elle me croit quand je lui raconte de ce que j'ai vu.

— Quelqu'un d'autre ?

Je secoue la tête, le cœur lourd. « Pourquoi me poses-tu ces questions ?

— Je comprends mieux pourquoi tu es si stressée, bébé. À cause de ton don, tu t'es isolée des autres. Tu n'as personne sur qui compter.

— Ce n'est pas un don. » Ma gorge se serre.

« Et tu ne peux partager ton secret avec personne. Tu n'as pas de famille, pas de meute, murmure-t-il comme s'il se parlait à lui-même.

La douleur sous mon sternum s'intensifie, jusqu'à ce que je doive ravaler mes larmes.

Il remarque mon expression. « Merde. Je ne voulais pas te rendre triste. » Il me fait lever et me serre dans ses bras.

Je résiste. Je déteste admettre ma faiblesse.

Il ignore mes tentatives pour le repousser, et sa force me donne l'impression d'être un enfant. « J'ai juste envie d'apprendre à te connaître. Je ne veux pas te faire de mal, Amber.

— Tu ne peux pas me faire de mal », je déclare, mais c'est une vieille affirmation. La cousine de *je n'ai besoin de personne*, et je sais que c'est faux. J'abandonne toute résistance et me laisse aller contre lui, pose ma joue contre son large torse. J'essuie mes yeux.

« Je ne laisserai plus jamais personne te faire de mal. »

J'ai envie de dire *conneries*. Mais l'idée me plaît. Et j'aime sa chaleur, sa force que je sens m'envelopper et m'envahir.

Je ne me suis jamais confiée à personne comme je l'ai fait avec Garrett. Je ne sais même pas vraiment comment il a réussi à me mettre en confiance. Mais c'est le cas. Je ne me suis jamais autant fiée à quelqu'un de toute ma vie. « Bon, je reprends d'une voix voilée. On dirait qu'on connaît tous les deux le secret de l'autre, maintenant.

— Ouais. » Il pose son menton sur le sommet de mon crâne. Nous sommes parfaitement imbriqués. « Je garderai ton secret, princesse. »

Nous restons ainsi un moment, l'un contre l'autre, à observer Tucson depuis les hauteurs. Garrett inspire longuement, et me serre plus fort. Il pose une main sur mon derrière et pétrit une fesse à travers mon pantalon de yoga moulant.

« Il a fallu que tu portes *ça*. » Ses deux mains sont sur mon cul, le malaxent, décrivent des cercles, le câlinent. Je me rappelle comment il l'a caressé après l'avoir mis en feu hier soir, et une faim charnelle embrase mon bas-ventre.

Il me soulève pour que j'enroule mes jambes autour de sa taille. Sa bouche se jette sur mon épaule, à moitié morsure, à moitié baiser. Il soulève mes fesses et les fait redescendre pour frotter mon sexe contre l'énorme bosse dans son pantalon. « Je sens ta chatte toute chaude, bébé. Tu ne portes pas de culotte ?

— Non », je parviens à souffler entre deux halètements. Je n'ai jamais eu autant envie d'un homme de toute ma vie. Je ne me suis jamais abandonnée ainsi – en laissant simplement un homme avoir le contrôle et faire ce qu'il veut.

Un grondement vibre dans le torse de Garrett.

Je m'écarte et remarque l'éclat argenté dans ses yeux. « On voit ton loup, je murmure.

— Merde. » Il me repose par terre et me regarde fixement en serrant les poings.

« Qu'est-ce qui se passe ? Tu vas bien ? »

Il ne répond pas. Un muscle de sa joue tressaute. Il grommelle un juron et enlève son T-shirt.

Oh, ouah. Ses bras... Les muscles sont presque aussi gros que ma tête. En voyant ses tablettes de chocolat, j'ai envie de hurler à la lune. Une patte de loup est tatouée sur son épaule.

« Qu'est-ce que tu fais ? » Je croise les bras pour cacher mes tétons au garde-à-vous. Il commence ensuite à déboucler sa ceinture, et je lève les mains. « On se calme, mon grand. Qu'est-ce que tu fais ? » Est-ce qu'il pense qu'on va coucher ensemble, ici, maintenant ?

« J'ai besoin de muter.

— Ici ? Maintenant ? » Je regarde autour de moi. J'entends une voiture passer en-dessous de nous. « Garrett, non. Nous sommes en pleine journée, n'importe qui pourrait venir par ici. »

Il s'approche de moi, son odeur me submerge. « Je ne

peux pas faire autrement. Tu provoques ma mutation. Si je ne libère pas le loup, je vais te mettre à quatre pattes et... » Il s'interrompt et secoue la tête, un peu à la manière d'un chien. « ... te faire ces terribles choses. »

Oh oui, par pitié.

Ses muscles ondulent à une vitesse terrifiante.

« Non. » Je pose mes paumes contre son torse, comme si je pouvais empêcher le loup de sortir. « Arrête, s'il te plaît. Ne fais pas ça. Pas ici.

— Je ne peux pas », dit-il d'une voix étranglée. Il va muter devant moi, tout de suite.

« Reste avec moi, Garrett. » Je fais la seule chose qui me vient à l'esprit. Je me dresse sur la pointe des pieds, enlace sa nuque et l'embrasse.

La chaleur m'envahit dès que nos lèvres se touchent. Il me soulève, plonge sa main dans mes cheveux, serre le poing et me tire la tête en arrière. La bosse de sa queue gonflée presse contre mon ventre. Son baiser met mon corps en feu, la sensation se propage dans toutes mes cellules qui s'éveillent simultanément.

« Toutes ces choses que je veux te faire. » La faim bestiale dans ses yeux est troublante.

« Tu peux », je promets, et je suis sincère. J'en ai envie. « Mais pas ici. Ramène-moi chez moi. Tu n'as pas besoin de muter. » Je ne sais pas si c'est par intuition ou par peur, mais je ressens avec urgence que je dois l'aider à se calmer, à lutter contre ce qu'il redoute de voir arriver.

Il lèche mon cou, ma tête toujours immobilisée dans sa poigne de fer. Il fait courir ses lèvres sur ma mâchoire, puis mordille ma bouche. Mon corps réagit, mes hanches viennent à sa rencontre, mon entrejambe brûlant cherche à se frotter contre lui.

Il mord mon épaule si fort que je pousse un cri de

douleur. Ça semble le faire sortir de sa stupeur induite par le désir. Il me lâche en reculant, comme si je l'avais brûlé.

« Putain, Amber. » Ses yeux sont toujours argentés. Il passe une main dans sa chevelure blonde en respirant fort. « Merde. Je t'ai fait mal ? Merde !

— Non. Non, ça va. » C'est en partie vrai. Je me penche en avant ; son contact me manque déjà. Mes mains veulent restées moulées contre ce torse incroyable. « Tout va bien... » Je tends la main vers lui. Je sais ce que c'est d'avoir l'impression de perdre le contrôle.

« Non. » La fureur déforme ses traits séduisants. « Ça ne peut plus arriver. C'était une mauvaise idée, dit-il en haletant. Je dois rester loin de toi.

— Garrett...

— Je ne peux pas rester près de toi. » Il se passe la main sur le visage. Ses épaules s'affaissent. « La pleine lune est trop proche. Je dois y aller. » Il tourne les talons et s'éloigne dans la forêt. Loin de la route. Loin de moi.

« Attends ! » Compte-t-il m'abandonner ici ? Bon sang, je ne sais pas conduire une moto. Je cours derrière lui. « Qu'est-ce qui se passe à la pleine lune ? »

Il a déjà disparu dans la montagne quand son grondement résonne, me faisant piler net. « Je chasse. »

~.~

Que le procès-verbal reflète : *le loup-garou a abandonné la fille sur A Mountain.*

« Merci d'être venue me chercher », dis-je à Foxfire lorsqu'elle se gare sur le parking du point de vue. Le lieu d'un rendez-vous galant parti à vau-l'eau. J'ai attendu le retour de Garrett pendant plus d'une heure avant de me résigner à trouver un autre moyen pour rentrer.

« Pas de problème. C'est le moins que je puisse faire après m'être ridiculisée hier soir. » Elle a l'air un peu fatiguée, mais plus en forme que moi. « Redis-moi ce qui s'est passé. Tu avais rencard avec un mec et, en plein milieu, il s'est levé et il est parti ?

— Il est... étrange. » *L'euphémisme de l'année.* Et sexy. Et probablement millionnaire. Et un loup-garou.

Et un foutu trouduc.

« Attends, reprend Foxfire, je crois que je commence à comprendre. Est-ce qu'il s'agit de ton voisin ?

— Ouais.

— Et il était là hier soir, c'est ça ?

— C'est le propriétaire de l'Éclipse. Et après mon retour à la maison, nous avons eu une petite discussion. » Et une petite fessée. Suivie d'un orgasme pas si petit. Et de rêves érotiques tout le reste de la nuit.

Je pose mes mains sur mes joues qui chauffent.

« En gros, il a frappé à ma porte. J'ai flippé : j'ai essayé de me tirer par l'échelle de secours. Mais j'ai glissé, je suis tombée et il m'a rattrapée. Il m'a ramenée dans son appartement et il m'a dit... » Je ne termine pas ma phrase.

« De ne plus jamais remettre les pieds dans son club, complète Foxfire sans remarquer ma gêne. À cause de moi.

— Non, ça va. Je pense qu'il nous laisserait revenir. » Il a accepté de mettre gratuitement le club à disposition des enfants et de leurs familles d'accueil pour une soirée. J'espère qu'il était sincère. « Ce matin, il m'a aidée avec ma voiture, mais ensuite...

— Il t'a emmenée faire une balade sur sa moto et t'a abandonnée au milieu de nulle part.

— Oui. » Je me frotte le front. Mes tempes battent comme si j'allais bientôt avoir une autre vision. Merveilleux.

« Ce type ne me dit rien qui vaille. Ce n'est pas ton genre d'être téméraire, d'habitude.

— Je sais. » Mais qu'est-ce qui m'a pris ? « Il y a cette connexion entre nous.

— Que pourrais-tu bien avoir en commun avec ce type ? Il est membre d'un gang de bikers. Tu passes tes soirées à travailler, à classer tes stylos et à repasser tes sous-vêtements.

— Eh ben, merci. Pourquoi ne pas dire carrément que tu me trouves rasoir ?

— Tu sais ce que je veux dire, Amber. Je t'aime de tout mon cœur, mais tu es une obsédée du contrôle. Et ce mec, c'est le chaos.

— Tu ne comprends pas. J'ai l'impression de pouvoir me confier à lui. Je lui ai parlé de mes visions.

— Vraiment ? » Les sourcils de Foxfire se dressent si haut qu'ils disparaissent presque sous sa frange.

« Oui. C'est la première personne à qui j'en parle depuis des années, à part toi. » La grand-mère de Foxfire était une femme-médecine. Elle a entendu parler de la facette spirituelle du monde depuis son enfance. C'est une des raisons pour lesquelles nous sommes si proches.

« Je n'arrive pas à croire que tu t'es confiée à cet abruti. Il a l'air d'un gros macho.

— C'est vrai, mais pas seulement. Une vision m'est tombée dessus quand j'étais avec lui, et il a pris soin de moi.

— Quand tu lui as parlé de tes visions, comment a-t-il réagi ? »

J'ai la tête qui tourne au mot *vision*, et je dois poser une main sur le tableau de bord pour rester stable. « Il m'a crue.

— Qu'est-ce que tu as vu ?

— Un loup. » Je vois quelque chose passer en un éclair dans le désert par la vitre de la voiture. Un coyote ou un autre animal sauvage ? Garrett est par ici, en train de courir sous son autre forme. Pendant un moment, je goûte l'air chaud et sec, je vois les cactus défiler autour de moi pendant que je détale sur mes quatre pattes. Je suis un prédateur, puissant, sans peur. La lune est juste en dessous de l'horizon, invisible, mais son appel fait picoter ma peau, me dit de muter...

« Tu viens bien de dire *loup-garou* ? » La question inquiète de Foxfire me ramène dans la voiture.

« Non. » Je secoue la tête, hébétée. Est-ce que je viens d'avoir une vision ? « Hum, qu'est-ce que je viens de dire ?

— Tu as dit : *Garrett est un loup-garou.* Du moins, il me semble que c'est ce que tu as dit. Tu étais partie loin. »

Merde. « Euh... c'est le nom de son club de motards, je crois. Les Loups-Garous. Ils ont un thème autour du loup. Son club s'appelle l'Éclipse. Il a des tatouages qui représentent la lune. C'est leur truc. » *Pitié, je t'en prie, crois moi.*

« Bon, si tu le dis. »

Je n'ajoute rien et me concentre sur ma respiration. Foxfire se faufile dans le trafic ; le désert a laissé place à une zone urbaine. Je ferme les yeux en luttant contre la nausée.

« Tu as mal à la tête ? demande Foxfire.

— Un peu.

— Tu as l'air malade. C'est bien la seule raison pour laquelle je ne t'emmène pas visiter des appartements sur-le-champ. »

Je glisse plus bas sur mon siège. Est-ce que je veux déménager ? Ne pas avoir Garrett comme voisin ? Non. Il s'est loupé aujourd'hui, mais j'ai aussi des torts. Faut-il une preuve supplémentaire pour confirmer que je suis tarée ?

« Amber, ça ne me plaît pas. » Les coins de la bouche de Foxfire sont plissés par l'inquiétude. « Garrett ne m'inspire pas confiance.

— Ne t'inquiète pas. Je pense qu'il gardera ses distances, maintenant. » Je fais mine de ne pas remarquer mon cœur qui se serre. Je connais à peine ce type. Ça devrait m'être égal si je ne le revois plus jamais.

« Ramène-moi juste à la maison. » Ma voix se brise sur le dernier mot. Je ne peux pas me mentir. Au cours des années passées en foyers et en familles d'accueil, je n'ai jamais connu un seul lieu que je considère comme chez moi. Un endroit où je peux être moi-même, auprès d'une famille qui m'accepte telle que je suis.

C'est pour ça que passer du temps avec Garrett était si spécial. Pendant quelques petites heures, j'ai eu l'impression d'avoir trouvé ma place.

CHAPITRE CINQ

Garrett

J'ai réussi à rentrer chez moi sans ton aide. Je voulais juste te le dire.

Je lis le message d'Amber en entrant dans le parking de mon immeuble. Pendant une seconde, j'hésite à lui envoyer une réponse, mais j'écris à ma sœur à la place.

Tu n'as pas donné de nouvelles depuis presque vingt-quatre heures. Appelle-moi bientôt.

Je range le téléphone dans ma poche pour ne pas le réduire en miettes dans ma main. *Les femmes.* C'est peut-être une bonne chose que ma meute soit uniquement composée de mâles, finalement.

Mon loup s'excite un peu lorsque je passe à côté de la place de parking d'Amber. Je le renferme en moi. J'ai passé des heures à courir, à chasser des lièvres, mais je suis toujours survolté. Et c'est à cause d'une femme. Je détecte son parfum sucré dans la cage d'escalier, et je suis prêt à tout saccager.

Compagne.

Je n'ai aucune raison de me comporter ainsi. Je n'avais jamais eu de problèmes avec mon loup avant ; mais un seul rendez-vous avec Amber m'a presque fait perdre le contrôle. J'étais sur le point de lui arracher ses vêtements, de la jeter par terre et de la baiser jusqu'à ce qu'elle perdre connaissance. Pire, mes canines se sont allongées, prêtes à la marquer de mon odeur pour toujours. À la revendiquer comme mienne, pour qu'aucun autre loup ne pense à en faire autant. Le problème, c'est qu'elle est humaine. La prendre pour compagne signifie renoncer à ma position d'alpha. Un alpha est censé s'unir avec une alpha, et les humains en sont l'antithèse. Bien que ça puisse être différent avec une humaine extralucide. Si nous enfantions des louveteaux dominants doués de dons psychiques, ce serait incroyable. Mais la meute ne va pas attendre de voir à quoi ressemblent nos petits. S'ils sentent que leur chef montre des signes de faiblesse, un autre alpha prendra sa place. Tank. Ou Jackson King, le loup solitaire PDG de SeCure, l'entreprise de sécurité informatique multimilliardaire.

Non, je dois résister à Amber. Dans son intérêt, et le mien. Bon sang, j'aurais pu lui faire du mal. Je n'avais plus aucun contrôle, j'étais prêt à déchirer sa chair avec mes crocs pour m'assurer qu'elle sache à qui elle appartient.

Il existe un terme pour les loups qui perdent la boule de cette manière : le mal de lune. Le loup prend le dessus, consumé par le désir de s'unir à sa compagne. Plus le loup est dominant, plus le phénomène est dangereux. Je suis un alpha. Je suis le loup le plus dominant que je connaisse, peut-être à l'exception de mon père. Mon loup veut Amber, ça ne fait aucun doute. Pour ne pas devenir fou, je dois en faire ma compagne ou rester aussi loin d'elle que possible. Je monte par les escaliers. J'ai passé la nuit à courir dans le désert, à tenter de fatiguer mon loup avant de recroiser

Amber, mais ça n'a pas marché. Mon animal devient dingue dès que j'ouvre la porte du couloir. Sans parler de ma libido. Mon érection appuie douloureusement contre la braguette de mon jean.

La porte d'Amber s'ouvre. Son nom monte dans ma gorge, mais c'est une petite femme à la chevelure multicolore qui apparaît. Elle referme délicatement la porte d'une main, l'autre tenant un gros sac souple, et commence à marcher vers l'ascenseur. Au dernier moment, elle lève les yeux quand je passe à son niveau.

« Toi ! » Elle s'arrête, plante ses mains sur ses hanches et me fusille du regard. « C'est quoi, ton problème ?

— Pardon ? » Normalement, mon loup ne tolèrerait pas une telle agressivité, mais cette petite bonne femme porte l'odeur d'Amber. « Qui êtes-vous ? » je demande, et au même instant, je la reconnais. Elle était dans mon club la nuit dernière.

« Foxfire. Je suis l'amie d'Amber. Je suis allée la chercher dans la montagne, là où tu l'as abandonnée. » Elle ponctue sa réponse avec son index, me tape presque le torse.

Un grondement monte dans ma gorge. « Ma jolie, tu dois te calmer.

— Et toi, tu dois laisser ma copine tranquille. Toi et ton gang de loups-garous...

— Quoi ? » je rugis presque.

Elle lève les mains en l'air. « Je me fiche du nom de votre gang, les *Loups* ou les *Loups-Garous*. Vous pouvez bien vous appeler les *Débilos Profonds*, ça m'est égal. Mais je veux que tu laisses Amber tranquille. »

Sur cette dernière injonction, elle s'éloigne à pas lourds, me laissant tremblant de la tête aux pieds, ma peau frémissante du désir de muter et de neutraliser le danger qui menace ma meute.

Amber a révélé mon secret. Je lui ai accordé ma confiance, et dès que j'ai eu le dos tourné, elle en a parlé à son amie grincheuse, qui va maintenant aller le crier sur tous les toits.

« Oh, putain, pas question. » Je m'approche de la porte d'Amber, les poings serrées. Elle veut voir le grand méchant loup ? « Amber ? Ouvre. »

Si elle repasse par l'échelle de secours, je le lui ferai regretter.

L'odeur de vanille et d'orange douce.

« Ouvre la porte, Amber.

— Qu'est-ce que tu vas faire ? » J'entends les battements affolés de son cœur même à travers le bois.

« Ouvre maintenant. Un... Deux... »

Elle tourne le verrou, et son visage apparaît. Elle est blême, ses yeux sont cernés.

« Sage décision. » Je la contourne et entre dans son salon.

Elle me suit lentement.

Je m'arrête et serre les poings, comme si ça pouvait m'aider à retenir mon loup. Bon sang, je ne sais pas quoi faire. Je ne veux pas la menacer de la conséquence funeste qu'encourt un humain au courant de notre secret : la mort. Je préfère qu'on me tire une balle dans la tête plutôt que laisser quiconque faire le moindre mal à cette belle humaine.

« Tu n'as pas tenu ta parole. »

Elle reste immobile, les épaules basses, les yeux vers le sol.

Son attitude soumise a un effet inattendu sur moi. Ma queue se change en pierre, malgré ma déception. Ma colère se mue en un désir puissant de faire rougir son petit cul avant de la pencher en avant et de la pilonner par derrière.

« Je n'ai pas fait exprès, murmure-t-elle. J'ai eu une vision et... c'est juste sorti. Je lui ai dit que c'était le nom de ton gang de bikers. »

Les traits de mon visage se détendent légèrement. Je repense à ce que m'a dit Foxfire, et ça colle. Mais je ne veux pas qu'on nous associe à des loups, que ce soit le nom d'un gang ou l'animal. « Eh bien, nous ne sommes pas un gang. Que comptes-tu lui dire quand elle se rendra compte qu'on ne se fait jamais appeler comme ça ? »

Elle se ratatine encore plus. Normalement, elle ne se montrerait pas si soumise, mais je sens la honte dans son odeur. Elle regrette sincèrement.

Mon loup gronde alors que je tourne lentement autour d'elle. « Je crois que tu ne comprends pas. Les métamorphes ne permettent pas que des humains connaissent leur existence. C'est une pratique courante d'*éliminer* toute menace mettant notre secret en péril. »

Amber n'a toujours pas bougé. Je ne suis même pas sûr qu'elle respire. Mon loup adore la dominer, même si mon côté humain fait de son mieux pour garder les rênes. Je m'imagine en train de coller ses mains délicates contre le mur et de fesser son joli petit cul.

« Tu étais déjà en danger, Amber. Je t'apprécie, alors j'étais prêt à te laisser une chance de rester en vie. Mais maintenant, vous êtes deux à savoir. Tu viens de mettre ton amie en grand danger.

— S'il te plaît, ne fais pas de mal à Foxfire. » Une larme roule sur sa joue. Son odeur salée calme mon courroux plus rapidement que si j'avais reçu une fléchette tranquillisante. Un autre signe qu'elle est ma compagne.

Je passe les doigts dans ses cheveux, referme le poing et tire lentement sa tête en arrière pour exposer son cou. Pendant une seconde, je ne vois plus que du noir, et je dois lutter contre l'animal en moi qui me gronde de *la marquer*.

« Vilaine Amber », je lui souffle à l'oreille, et je détecte une note d'excitation dans son parfum effrayé.

Elle décuple la mienne. Je lui fais sentir le poids de ma domination. Qu'elle comprenne à quel point je suis dangereux. « Qu'est-ce que je vais faire de toi ? »

Mon téléphone sonne, rompant le charme. Je recule et le sors de ma poche. Le nom de Sedona s'affiche sur l'écran. Je réponds immédiatement.

« Bon sang, pourquoi tu n'as pas appelé plus tôt ?

— Euh, répond une voix masculine. C'est Jason, un des amis de Sedona. On est à San Carlos ? »

Mon sang se glace. « Oui ?

— Sedona... En fait, elle a en quelque sorte disparu.

— Comment ça, elle a *en quelque sorte disparu* ? Où est-elle ?

— On ne sait pas. Elle est partie courir sur la plage ce matin, et elle n'est jamais revenue. On l'a cherchée partout. On est même allés voir la police, mais ils avaient l'air de s'en ficher. On pensait que vous pourriez faire quelque chose, peut-être appeler l'ambassade ? »

Sedona. Ma sœur. Disparue.

Mon animal se déchaîne, griffe pour sortir. Le visage inquiet d'Amber apparaît devant moi. Je me concentre sur elle.

« J'arrive », je réponds dans un grondement, ma voix déjà presque celle du loup. « Où ça ? »

Le gamin comprend le sens de ma question et promet de m'envoyer leur position GPS. Devoir attendre son message pour savoir où aller est la seule chose qui me retient de démolir mon téléphone.

« Qu'est-ce qui se passe ? » demande Amber d'une voix

tremblante. Et elle a bien raison d'avoir peur. Elle a réveillé un dangereux prédateur ; elle va devoir en assumer les conséquences. J'avance vers elle, et elle recule, comme la bonne petite proie qu'elle est.

« Ma sœur, Sedona. Elle a disparu.

— Oh non. » Elle écarquille les yeux. Son dos rencontre le mur, mais elle continue de soutenir mon regard. « Que s'est-il passé ? »

Pour toute réponse, je pose mes avant-bras de chaque côté de sa tête pour l'emprisonner. Mon corps recouvre le sien. Il suffirait d'un simple mouvement pour que mon sexe l'effleure et que je devienne fou. Je serre les poings et fais appel à mon self-control. Je baisse la tête et respire son parfum sucré, invitant. *Amber. Compagne.* Si je ne suis pas en train de péter un câble, c'est uniquement grâce à elle.

Elle est la seule à détenir le pouvoir de me briser.

« Garrett ? » En l'entendant prononcer mon prénom, j'ai envie d'oublier mes échecs en tant que frère et la terreur que m'inspire la disparition de Sedona. Je ne veux penser qu'à Amber.

Pourtant, je recule suffisamment pour qu'elle puisse voir le reflet argenté dans mon regard. « Prépare un sac et prends ton passeport. On part au Mexique.

— Pardon ?

— Tu es extralucide. Tu vois des choses que les autres ne voient pas. Tu viens avec moi pour m'aider à la retrouver.

— Je regrette, Garrett, je ne peux pas. Je travaille lundi et...

— Je ne te demande pas ton avis. Tu as enfreint les règles, petite humaine. Je ne peux pas te laisser te promener à ta guise, et je dois partir, ce qui signifie que tu viens avec moi. Tu m'appartiens, désormais. »

~.~

Amber

Je me blottis sur la banquette arrière de la Range Rover de Garrett, frissonnante bien qu'il ne fasse pas froid. Les deux portières s'ouvrent autour de moi, et Jared et Trey s'installent, me serrant entre eux.

Que le procès-verbal reflète : *je n'aime ni les plans à quatre ni les scénarios de kidnapping.* J'imagine que j'aurais dû le dire à Garrett. Ce n'est pas mon idée d'un super second rendez-vous.

« Pourquoi l'avocate est là, chef ? Elle n'a pas l'air contente.

— Elle vient avec nous. Ne la laissez pas s'enfuir », gronde Garrett. Il monte à la place conducteur et sort en trombe du parking. À tâtons, je boucle ma ceinture. Mes deux cerbères – parce que c'est bien ce qu'ils sont – ne se donnent pas cette peine.

Le tatoué, Jared, me regarde bras croisés tandis que Garrett se faufile à travers la circulation. « Qu'est-ce que tu comptes faire d'elle ?

— Je suis juste là, je marmonne.

— On va devoir la supprimer ? » demande Trey.

Ils plaisantent. J'en suis presque sûre. Mais pas entièrement. *Merde.*

« S'il voulait la tuer, elle serait déjà morte, et on serait en train de se débarrasser du corps », dit Jared. Je manque de m'étrangler.

« On ne va tuer personne. Elle est là pour nous aider. » Le grondement rauque de Garrett éveille mon bas-ventre, malgré la tension du moment.

Jared m'étudie. Il a de longs cils et des yeux noisette. « Ah ouais, j'avais oublié qu'elle est extralucide.

— Tu leur as dit ? »

Le regard de Garrett rencontre le mien dans le rétroviseur. « Je ne cache rien à ma meute. »

Oh, aucune réciprocité, donc ? Je ravale une remarque acerbe. Ce n'est pas le bon moment pour qu'Amber l'avocate se lance dans une plaidoirie. Peut-être plus tard, quand l'atmosphère dans la voiture sera un peu moins pesante. Il y a tant de tension que j'ai du mal à respirer.

« Tu peux sentir où est une personne disparue, madame Irma ? » demande Jared. L'un de ses tatouages représente un squelette en train d'enlacer amoureusement une femme à demi-nue à la poitrine très généreuse. *Charmant.*

Je prends ma voix prétentieuse pour me prémunir de la peur. « Je m'appelle Amber. Et la réponse est non. Ce n'est pas une compétence que je maîtrise. C'est plutôt quelque chose qui m'arrive et que je ne contrôle pas.

— En tout cas, j'ai besoin que tu essaies, dit Garrett sans quitter la route des yeux.

— Je ne sais vraiment pas comment. » C'est vrai. Et je sais qu'il me tiendra pour responsable quand ça ne marchera pas.

« Alors, pourquoi elle est notre prisonnière ? » veut savoir Trey.

Je me crispe à son ton désinvolte, comme si prendre des prisonniers n'avait rien d'inhabituel.

« Elle n'a pas su tenir sa langue, grommelle Garrett.

— Tu lui fais peur. » Jared pose son bras autour de mes épaules et les frotte gentiment. « Elle tremble comme une feuille.

— Ne la touche *pas* ! » Le grondement de Garrett me

noue le ventre. Dans le rétroviseur, je vois ses yeux briller d'un éclat argenté.

Jared retire son bras.

Trey se tortille sur son siège pour mettre quelques centimètres entre son corps massif et moi. « Bien, chef.

— Compris, boss », dit Jared en même temps.

Ils ont l'air de voyous, mais ils s'expriment comme des soldats.

Garrett n'a pas terminé. « Le premier qui la touche, je lui éclate la gueule, compris ? »

Des hommes préhistoriques. Ces types sont des hommes des cavernes. Mais tout mon corps réagit, et je prends secrètement plaisir à sa menace possessive. Ou est-ce juste son instinct de protection ? Quoi qu'il en soit, il me donne chaud et déclenche des fourmillements dans le creux de mes reins.

« Si elle essaie de s'enfuir, je l'arrêterai avec mon champ de force invisible, pas de problème, ronchonne Trey.

— Tu me réponds ? » demande Garrett d'un ton menaçant. Les articulations de ses doigts blanchissent sur le volant.

« Non, chef. » Trey échange un regard avec Jared et hausse légèrement les sourcils, comme pour dire *qu'est-ce qui lui prend ?*

Je respire un peu plus facilement après avoir assisté à cet échange, mais les mots suivants de Garrett font remonter mon stress à un niveau critique.

« Amber a une amie. Elle s'appelle Foxfire. Elle était au club hier soir.

— Celle qui a gerbé partout ? Je me souviens, dit Jared.

— Appelle Tank et dis-lui de la garder à l'œil.

— Quoi ? je laisse échapper sans pouvoir me retenir. Non.

— Si...

— Foxfire ne représente aucun danger pour vous. Elle croit juste que votre gang de motards s'appelle les Loups-Garous. Elle n'en parlera à personne, je vous le promets. » Ma voix devient plus aigüe, trahissant mon désespoir.

« Tu as parlé de nous à quelqu'un ? » demande Trey. L'ambiance est soudain glacée dans la voiture, et je réalise le sérieux de la situation. J'ai de gros ennuis.

« J'ai eu une vision. C'est sorti sans que je m'en rende compte. Ne vous en prenez pas à Foxfire.

— Personne ne fera de mal à ton amie, promet Garrett. Je le jure sur la tête de mon loup.

— Il me faut son adresse », dit Jared en levant le nez de son téléphone, sur lequel il est en train de composer un message.

Je secoue la tête. Des larmes me piquent les yeux. Stupides, stupides visions. Stupides loups. Je n'ai jamais demandé à savoir. « S'il vous plaît, je murmure.

— Amber. »

Je rencontre le regard de Garrett dans le rétroviseur.

Il n'ajoute rien, mais ses yeux exigent que je me soumette à sa volonté inflexible. Je suis peut-être atteinte du syndrome de Stockholm, parce que dans un soupir, je leur donne l'adresse de Foxfire.

« Il ne lui arrivera rien, m'assure Garrett.

— Ouais, ne t'inquiète pas », ajoute Trey.

Nous roulons en silence pendant quarante minutes, et nous dépassons bientôt le panneau indiquant la frontière mexicaine. J'ai un électrochoc en le voyant. Vais-je vraiment sortir du pays avec ces loups ?

« Amber, regarde-moi. » Garrett tapote le rétroviseur jusqu'à ce que je rencontre son regard. « Ne cause pas de problèmes, me prévient-il. N'attire pas l'attention sur nous. Ne parle pas à moins qu'on te pose une question directement. Ne leur donne aucune raison de nous ralentir, c'est compris ? »

Je serre les lèvres. Mon cœur bat à tout rompre. J'ai de gros ennuis. J'ai été kidnappée par une dangereuse meute de loups et emmenée de force au Mexique. Reviendrai-je un jour ? Amber l'avocate ne se laisserait jamais kidnapper par des inconnus. Elle a obtenu la meilleure note à l'examen du barreau. Elle n'est pas idiote. À quel moment ai-je raccroché mon cerveau et commencé à penser avec mon bas-ventre ? Je ne me laisse intimider par personne, pas même par un loup sexy.

« Est-ce que c'est clair ? »

Je me force à acquiescer, avant de détourner les yeux. Je dois trouver une idée, et vite. C'est complètement fou ; or, j'ai passé toute mon existence à essayer de garder Amber la folle hors de ma vie.

Notre voiture prend place dans la file du poste de frontière. Lorsque nous arrivons à la hauteur de la petite structure en béton, Garrett coupe le moteur et nous demande de sortir de voiture pour aller montrer nos papiers d'identité à l'intérieur du bâtiment. Il pose sa grande main sur mon épaule pour m'accompagner.

À l'intérieur, il continue de me dire quoi faire. Je remplis un formulaire de demande de visa touristique, et l'apporte à l'homme derrière le guichet lorsqu'il me fait signe.

« *Disculpe.* » Je prie pour que Garrett ne parle pas espagnol. Sa main se serre plus fort autour de mon épaule, et je continue rapidement : « *Tengo un problema...* »

Garrett émet un grondement, bas mais distinct. Bon sang, que suis-je en train de faire ?

« *Em... dónde está el baño ?* » Au lieu d'expliquer mon problème, je lui demande où sont les toilettes, et la poigne de Garrett se relâche.

L'homme me montre une porte avec l'inscription *Damas*.

« *Gracias* », je le remercie en hochant la tête.

L'homme me rend mes papiers et je me dirige vers les toilettes, Garrett sur mes talons.

« Je reviens tout de suite », dis-je avant d'entrer.

Une fois seule, je réfléchis à mes possibilités. Comme de nombreux bâtiments mexicains, la petite structure en béton est simplement construite, avec des fenêtres sans rideaux près du plafond qui s'ouvrent vers le haut. C'est étroit, mais je pourrai peut-être passer à travers la petite ouverture. Je grimpe sur la cuvette et essaie de faire passer ma jambe par l'ouverture de la fenêtre, mais je bascule en arrière et tombe par terre, déjà hors d'haleine.

Allez, Amber. Tu peux y arriver.

À mon autre essai, je parviens à coincer ma cheville sur le rebord de la fenêtre ouverte. Mon cœur tambourinant contre mes côtes, je sors ma jambe jusqu'au genou, puis m'accroche au réservoir d'eau pour lever mon autre jambe. Lentement, je propulse mon corps en avant, à un angle me permettant de passer à travers l'espace étroit. Je ne sais pas du tout ce qui se trouve de l'autre côté. Probablement un garde-frontière armé un fusil automatique qui me prendra pour une criminelle. Mais je parle espagnol. Je peux lui expliquer la situation. Non, mieux vaut ne pas incriminer les loups. Je dirai simplement que je me sens mal et que j'ai besoin de rentrer à Tucson en taxi, quelque chose comme ça. Quelqu'un sera ravi de prendre mon argent.

Je me glisse par la fenêtre en me tortillant. Je retiens mon souffle lorsque ma taille passe à travers l'ouverture.

Une main se referme autour de ma cheville. Je pousse un hurlement en me débattant et me cogne la tête contre le plafond. J'essaie de me libérer en donnant des coups de pied, et y parviens presque, mais deux mains se posent sur mes hanches, me soulèvent et me tirent à l'extérieur.

Garrett. Seul un métamorphe possède une force pareille.

Il me fait descendre le long de son corps dur et musclé. Lorsque mes pieds touchent le sol, je dois affronter quatre-vingt-dix kilos de virilité mécontente. « Qu'est-ce que je t'ai dit ? Ne prends jamais la fuite devant un loup. »

Mes tétons se sont dressés depuis qu'ils ont glissé le long de son torse. Son odeur m'attire, me rappelle cette nuit où il m'a portée jusqu'à chez lui et a fait rosir mes fesses. Je dois être dingue, parce que j'espère à moitié qu'il va encore me punir de cette manière. J'inspire une petite goulée d'air en tremblant. « Ça valait le coup d'essayer. »

Il arque un sourcil, baisse les bras et me serre contre son corps puissant.

J'étouffe un gémissement.

« Écoute, je sais que c'est dégueulasse de te traîner ici. Je sais que tu flippes. Mais tu ne dois pas essayer de t'enfuir. Mon loup te donnera la chasse, et ça pourrait être dangereux pour toi. En plus, j'ai besoin de ton aide. » Il plante ses doigts dans ses cheveux, les décoiffe dans tous les sens.

Ses émotions sont palpables. Je ne m'étais jamais considérée comme une personne dotée d'empathie en plus d'être clairvoyante, mais avec lui, on dirait que c'est le cas. « J-je ne sais même pas où on va. »

Il replace une de mes mèches de cheveux derrière mon oreille. « On va à San Carlos, où ma sœur a disparu ce matin. C'est une louve, pourtant elle s'est volatilisée sans laisser de traces.

— Mais... qui peut kidnapper un loup ? »

Il serre les mâchoires, inspire lentement puis exhale. « Je ne sais pas. Mais on doit la retrouver. Très vite. »

L'image d'une louve terrifiée allongée sur le flanc,

entourée d'hommes menaçants apparaît devant mes yeux. Mon sang se glace.

Garrett dit la vérité.

~.~

Garrett

Je lance les clés de voiture à Jared. « C'est toi qui conduis. » J'installe Amber sur la banquette arrière et m'assieds à côté d'elle.

Je sors mon téléphone, ouvre la galerie de photos et les fais défiler jusqu'à ce que j'en trouve une de ma sœur. Je la montre à Amber. « C'est Sedona. Elle est partie courir sur la plage ce matin, et elle n'est jamais revenue. »

Amber regarde la photo en se mordillant la lèvre. « Tu crois que j'arriverai à savoir où elle est ?

— Tu veux bien essayer de voir quelque chose ? N'importe quoi ? »

Elle fixe toujours le téléphone, mais ne semble plus regarder l'image. Ses yeux sont dans le vague.

Malgré ma frustration, je me force à attendre.

Enfin, elle demande d'une voix tremblante : « Et si je vois quelque chose qui ne te plaît pas ?

— Qu'est-ce que tu vois ? »

Elle se tourne vers la vitre avec un regard hanté.

« Quoi ?

— J'ai vu une louve blanche allongée sur le flanc, en train de souffrir. Elle est entourée d'hommes. »

Mon loup manque de se libérer. Tout mon corps se met à trembler, la mutation presque enclenchée. Mon grondement résonne dans le véhicule.

Je cligne mes paupières, et lorsque je les rouvre, Amber est quasiment assise sur les genoux de Trey.

« Ne dis rien, garde les yeux baissés », lui murmure-t-il.

Putain, qu'est-ce qu'elle fout dans ses bras ?

Je la tire sur mes genoux. « Je t'ai dit de *ne pas la toucher.* » Ma voix est caverneuse, presque animale.

« Tu lui fais peur, chef. » Trey garde les yeux baissés, et s'exprime d'une voix calme et posée. « Ne lui résiste pas », dit-il Amber. Je réalise que la petite humaine est en train de se débattre entre mes bras.

Je relâche ma prise. « Pardon. » J'inspire une dernière fois le parfum incomparable d'Amber, puis je la laisse glisser de mes genoux et se rasseoir sur la banquette.

Elle commence à lever la tête, puis baisse à nouveau les yeux et se tient immobile, comme un lapin qui s'imagine que le faucon ne peut pas le voir depuis les airs.

Je desserre les poings et caresse ses cheveux.

Elle ne bouge pas. « Je te l'ai dit. Personne ne veut savoir ce que je vois.

— Non, je veux savoir. » Je suis à nouveau sur le point de m'excuser quand je détecte l'odeur de ses larmes. Mon loup rentre se terrer en moi en pleurnichant. C'est presque un soulagement de ne plus sentir la puissance de l'animal qui réclame sa liberté. Ma capacité à réfléchir et mon sens logique reviennent, et je suis pris de pitié pour cette douce humaine qui considère manifestement son don comme une malédiction. Je réalise combien de souffrances il lui a causées. Le besoin de la protéger et de prendre soin d'elle prend le pas sur mon inquiétude pour Sedona, une situation à laquelle je ne peux pas remédier dans l'immédiat. Je pose délicatement la main sous son menton pour lui faire lever la tête. « Tu as vu beaucoup de choses que tu aurais préféré ignorer », je dis d'une voix douce, empreinte de compassion.

Ses yeux se voilent à nouveau. « Ouais.

— Raconte-moi. » Je passe ma main dans ses cheveux, ce qui diffuse son odeur dans la voiture. Je ne veux pas lui faire ressasser de mauvais souvenirs, mais je sais qu'elle a peu d'occasions de se confier. S'épancher lui fera peut-être du bien.

Elle secoue la tête, ses épaules s'affaissent. « Toutes sortes de choses. Des loups-garous, par exemple. » Ses lèvres se tordent en une petite grimace.

« Ouais, je savais déjà.

— J'ai vu ma prof d'anglais de première se faire battre par son mari, le viol d'une amie. Je vois les traumatismes des gens, leurs secrets les plus intimes. C'est une foutue malédiction. Je fais aussi un rêve récurrent d'un chiot au milieu d'une mare de sang. » Des larmes mouillent ses joues. « Chaque fois que je fais ce rêve, quelqu'un meurt. D'abord mon père. Puis ma mère. Et ensuite, une assistante sociale. Quand j'étais petite, je croyais que c'était ma faute. »

Je passe mon bras autour de ses épaules et la serre contre moi. « Je suis désolée, ma douce. C'est horrible. »

Elle renifle. « Oui. Je ne vois que le mauvais... » Elle s'interrompt en me fixant avec des yeux écarquillés, et j'ai l'impression que tout l'oxygène s'échappe de la Range Rover.

« Tu penses que je suis mauvais ? » je demande, sentant mon corps se changer en pierre.

Elle déglutit et étudie le tatouage sur ma main.

Je suis certainement mauvais pour elle. Merde. Elle connaît notre secret ; elle court le risque qu'un loup devienne trop nerveux et décide de la supprimer. Et parce que mon loup veut la marquer, elle court le risque de se retrouver liée à moi toute sa vie, ou pire, de se vider de son sang ou de mourir d'une infection.

Mais je ne laisserai aucun mal lui arriver. Quoi qu'il arrive.

« Tu vois les secrets, dis-je d'un ton ferme. Je suis métamorphe, c'est mon secret. Ça ne signifie pas que je te ferai du mal, bébé. » Même en prononçant ces mots, je doute qu'elle me croira. Je l'ai forcée à nous accompagner. Menacée pour obtenir son silence.

Elle regarde par la vitre, son expression vide.

Merde. J'ai tout fait foirer.

CHAPITRE SEPT

G*arrett*

NOUS ARRIVONS sur la plage au coucher du soleil. Jared gare la voiture devant Condos Pilar, la résidence de locations de vacances installée au bord du sable blanc. Je me dirige d'un pas raide vers l'appartement loué par Sedona et ses amis sans attendre de voir si les autres suivent. Je toque à la porte, entends des voix d'adolescents et des pas pressés.

« Salut. » Jason, celui qui m'a appelé, ouvre la porte. Les autres jeunes me regardent avec des visages blêmes. Je les ai tous rencontrés avant le départ de Sedona, mais impossible de me souvenir de leurs prénoms. L'appartement sent la crème solaire et l'alcool, ainsi qu'une odeur rance qui me rappelle le vomi.

Trey, Jared et Amber me rejoignent, et les adolescents nous répètent la même histoire, identique à ce que j'ai déjà entendu : Sedona est allée courir sur la plage ce matin et n'est jamais revenue. Aucun n'a rien remarqué de suspect. Ils ont contacté les autorités et rempli un avis de disparition, mais comme ça ne fait pas encore vingt-quatre heures, rien n'a été fait.

Je serre mes poings contre mes cuisses. Mon loup enrage sous la surface. Plus ils parlent, plus j'ai envie de tout casser. Je finis par tendre la main vers Amber. Le loup a besoin de la sentir tout près, et si ça peut l'empêcher de démolir cet appartement, je suis prêt à lui donner tout ce qu'il veut. Les jeunes ont déjà l'air nerveux. Ils gardent le nez vers le sol et ne me regardent qu'à la dérobée, avant de détourner rapidement les yeux. Les humains ne comprennent pas vraiment la domination animale, mais à un niveau primal, ils reconnaissent un prédateur quand il se trouve devant eux.

Amber s'approche, glisse son bras autour de ma taille et se serre contre moi. Elle est toujours très pâle, mordille sa lèvre inférieure. Je l'ai effrayée ; d'abord en la forçant à venir ici, puis en l'empêchant de s'échapper. Pourtant, elle est en train de me réconforter. Sa chaleur contre mon flanc m'aide à rester concentré.

« D'accord. Vous savez à qui je peux m'adresser pour louer un appartement pour la nuit ? » Il fait presque nuit, et je meurs d'envie de muter et de passer toute la plage au peigne fin.

« En fait, on pensait partir ce soir. On pourra prévenir la police à Tucson. Vous pouvez rester ici, si vous voulez. »

En temps normal, je ferais n'importe quoi pour éviter d'impliquer les autorités. Mais dans ce cas précis, sans savoir qui est arrivé à Sedona, je veux toute l'aide disponible. Je devrais aussi appeler mes parents, mais je n'ai pas envie de les inquiéter ou de déclencher une guerre. Je préférerais retrouver Sedona avant de les avertir. Quoi qu'il arrive, je les préviendrai demain matin. « C'est une bonne idée. Merci à tous. »

Moins de vingt minutes plus tard, les amis de Sedona sont partis et nous sommes installés dans le bungalow. Mes frères de meute fouillent dans le réfrigérateur et dévorent les restes laissés par les étudiants.

« On va aller inspecter la plage », dit Jared en ôtant son T-shirt.

Je bande mes muscles, impatient de muter moi aussi. Même si je fais totalement confiance à Trey et Jared, mon loup ne sera pas en paix tant que je n'aurai pas patrouillé la zone moi-même. Mais je ne peux pas laisser Amber toute seule. Si je lui demande de nous attendre ici, je ne suis pas sûr qu'elle obéira. Sa tentative d'évasion par la fenêtre des toilettes du poste de frontière m'a rendu prudent.

« Apporte-moi le rouleau de gros scotch dans le coffre de la voiture », j'ordonne à Trey à voix basse. Il hausse les sourcils comme si j'étais dingue, mais obéit.

À son retour, je prends la main d'Amber et la guide vers une des chambres.

Une fois à l'intérieur, elle se retourne vers moi. « Est-ce que tu vas bien ?

— Ouais. » Je pousse un soupir. Peu importe à quel point mon loup la désire, je ne peux pas oublier qu'elle nous a trahis. « Écoute, bébé. Je dois muter pour aller inspecter la plage. Je suis vraiment désolé pour ce que je m'apprête à faire. » Je la fais tourner entre mes bras et rassemble ses poignets dans son dos.

« Bon sang, qu'est-ce que... Arrête ! » Elle pousse un cri perçant, teinté de vraie panique.

« Doucement, doucement », je murmure. Même si c'est nécessaire, je choisis une approche séductrice plutôt que coercitive. Ma queue est douloureusement dure, et je me souviens à quel point elle a aimé être privée de mouvements hier soir. Si j'arrive à créer une ambiance sexy, je pourrai peut-être arriver à mes fins sans qu'elle ne me déteste jusqu'à la fin de ses jours.

J'enroule rapidement le scotch autour de ses poignets et la soulève par la taille. « Tu ne crains rien, Maître. Il ne va rien t'arriver. Mais après ton petit numéro de fille de l'air à la frontière, je préfère ne pas te laisser seule ici pendant que je fais le tour de la plage. »

La résistance d'Amber faiblit. Je sens sa confusion.

Je lui mordille l'oreille. « Sois une bonne fille, et je promets de te récompenser à mon retour, chérie. Je te garderai même attachée.

— Espèce de sadique... »

J'interromps sa tirade d'un baiser brutal.

Lorsque je m'écarte, elle me regarde d'un air hébété, ses lèvres entrouvertes. Je serre les mâchoires et me retiens d'écarter ses cuisses pour la récompenser tout de suite. Je la fais asseoir sur une chaise, puis enroule du scotch autour de ses chevilles et des pieds de la chaise. Amber laisse échapper de petits grognements.

De petits grognements sexy.

« Tu me grondes dessus, princesse ?

— Ne m'appelle pas comme ça !

— Putain, tu es tellement mignonne quand tu es en colère. » J'attache ses poignets à la chaise.

« Libère-moi, Garrett. Ce n'est pas drôle. »

Je tombe à genoux à ses pieds et lui écarte les jambes. Elle porte toujours son legging de yoga, et son excitation l'a rendu humide. Je presse mon visage contre le sommet de ses cuisses, ouvre la bouche et mordille son sexe à travers le tissu fin.

Elle se cambre en avant pour rapprocher sa chatte de ma

bouche en poussant un bruit de frustration des plus mignons. « Tu aimes être attachée, Maître. On le sait tous les deux. » Je fais lentement glisser mon pouce sur son clitoris. « Je me ferai pardonner à mon retour. Tu as ma parole. »

Elle est si belle, avec ses pupilles dilatées, sa chevelure emmêlée, ses lèvres charnues entrouvertes. Mon loup approche de la surface, et ma vision se trouble. *Merde.* On dirait que je veux toujours la marquer. Désespérément.

Il est temps d'y aller.

Je coupe un autre morceau de scotch et le plaque sur sa bouche. « Désolée, ma douce. Mais c'est le seul moyen pour que je parte l'esprit tranquille. Trey sera dans le salon si tu as besoin de quoi que ce soit. Je reviens vite. Je ne partirai pas plus de quelques heures.

— Mmmm mmm ! répète-t-elle dans un cri étouffé.

— Sois sage. » Je caresse ses cheveux et regarde ses seins tressauter au rythme de ses gesticulations. « Tu as faim ? Tu as besoin de quelque chose avant que je m'en aille ? »

Elle fronce les sourcils. « Mmm, mmm, mmm, mmm. » Elle tente de me donner des coups de pied. Son regard lance des éclairs.

« Non ? D'accord, bébé. Pas besoin d'aller au petit coin ? Oups, j'aurais mieux fait de te demander avant de t'attacher. Non ? Très bien. Je reviens vite. »

Je lui fais pencher la tête et lui mordille le cou. « S'il te plaît, ne t'épuise pas à essayer de te libérer. »

Un autre cri furieux, et je ne peux m'empêcher de me pencher pour embrasser ses lèvres par-dessus le scotch. Elle essaie de me donner un coup de tête.

Je m'écarte vivement en éclatant de rire et la regarde de la tête aux pieds. Sa poitrine se soulève, deux points roses colorent ses joues. Putain, elle est splendide. « Tu es belle comme ça », dis-je d'une voix traînante, juste pour voir la colère et la frustration étinceler de nouveau dans ses yeux.

Elle s'immobilise et me foudroie du regard. « Oh-arh. » Elle articule chaque syllabe du mieux qu'elle peut derrière le scotch.

« À tout à l'heure, petite coquine. »

~.~

Amber

QUE LE PROCÈS-VERBAL REFLÈTE : *je vais acheter le plus gros casse-noix qui existe.* On va voir comment M. Garrett Le-Loup-De-Mes-Deux aimera être attaché avec un brise-noix en acier serré autour des bijoux de famille.

Mais d'abord, je dois me libérer.

Pour la millième fois, je tire sur mes liens, mais ils ne bougent pas.

La porte s'ouvre en grand. Je m'assieds plus droite, prête à affronter de nouveau le loup. Mais lorsque Garrett entre, la tête et les épaules basses, des lignes d'inquiétude creusant son front, toute ma velléité disparaît. Je n'ai pas besoin de vision pour savoir qu'il n'a rien découvert.

Il est torse nu. Ses pectoraux sculptés recouverts de petites boucles brunes surmontent des abdos d'acier et une taille fine. Dès qu'il m'aperçoit, son sexe gonflé presse contre l'avant de son jean. Je l'ai aussi remarqué quand il m'a atta-chée. Et ça m'a complètement allumée, ce qui m'agace au plus haut point.

Je fais un bruit interrogatif en haussant les sourcils.

« Rien. » Il secoue la tête. « Aucune trace d'elle. On a tous les trois muté, mais on ne capte son odeur nulle part. L'océan a dû l'effacer. »

Je fais un autre bruit, celui-ci réconfortant. Il a l'air vraiment démoralisé.

Il retire le scotch sur ma bouche d'un coup sec, et la douleur m'aide à me souvenir de ma colère.

« Aïe !

— Pardon. » Il déchire le scotch autour de mes poignets sans effort, comme si c'était du papier.

« J'ai deux mots à te dire, mon petit gars.

— Je n'en doute pas, Maître. » L'air fatigué, mais amusé, il croise les bras, m'imitant. Je vois rouge.

« C'est drôle. Tu passes ton temps à prétendre que tu me respectes. Mais la dernière fois que j'ai vérifié, respecter une femme, ce n'est pas la kidnapper et l'emmener de force au Mexique. » Je fais appel à Amber l'avocate pour ne pas me mettre à hurler comme une lunatique. « J'espère que tu réalises que c'est le pire second rendez-vous de toute l'histoire des rencards. Et ce n'est pas rien, étant donné que le premier était déjà vraiment, vraiment nul. Et... Pourquoi est-ce que tu souris comme ça ?

— Mon loup te trouve adorable quand tu es en colère. Mais sois prudente, petite avocate. Je suis vraiment à cran, tout de suite. Et je sais ce qui m'aiderait à me détendre.

— Quoi ?

— Te jeter sur le lit et te baiser non-stop jusqu'au petit matin.

— C'est déjà presque le matin. » Ma voix est enrouée. Mon entrejambe s'échauffe.

« Non, répond Garrett avec un sourire féroce. Pas ce matin. Demain matin. Ça me prendra au moins vingt-quatre heures. » Il se penche en avant. « Ça te plairait, comme fin de second rencard ?

— Ce n'est pas un rencard.

— Je sais. C'est toi qui l'as appelé comme ça. Tu aimes passer du temps avec moi, Maître ?

— Quoi ? Non, je... » Mes joues s'empourprent. Je maudis ma libido, qui choisit ce moment pour se mettre à tourner à plein régime.

Garrett s'approche suffisamment de moi pour que son rire résonne dans ma culotte. « Je te promets que notre troisième rendez-vous sera vraiment, vraiment mieux.

— Écoute. » Je lève une main pour essayer de mettre de l'espace entre nous. Elle se pose sur son torse musclé, ce qui ne m'aide pas du tout à me concentrer. « Ta sœur a disparu. On doit la retrouver. »

Mon rappel change totalement l'ambiance. *Merde.* Tant pis pour ma récompense. J'aurais dû le laisser me garder attachée un peu plus longtemps.

« Ouais », soupire Garrett, et il s'avachit. Il a l'air d'avoir cent ans. « Tu l'as vue entourée d'hommes, donc elle ne s'est pas noyée. Ni perdue. Elle a disparu depuis douze heures. Aucun humain n'aurait pu l'enlever – elle lui aurait arraché le cœur. C'est forcément d'autres métamorphes.

— D'accord. Tu m'as demandé de l'aide. Que puis-je faire ? »

Il passe ses doigts plusieurs fois à travers ses mèches blondes décoiffées. « Vraiment ? »

J'acquiesce. Je déteste être Amber la folle. Elle me fait peur. Mais je ne suis pas du genre à refuser mon aide à quelqu'un qui en a besoin. S'il pense que je peux être utile, je dois essayer. Même si, techniquement, il m'a enlevée et m'a attachée à une chaise avec du gros scotch.

« Normalement, à ce stade, je devrais appeler mon père.

Mais s'il s'en mêle, il va débouler ici avec une centaine de loups armés jusqu'aux dents et raser la ville sans poser de questions. Si tu arrives à obtenir d'autres informations avant que je ne le contacte, ça pourrait éviter à beaucoup de monde d'être blessé – y compris Sedona.

— Mais je ne sais pas comment fonctionnent mes visions. Elles se présentent, c'est tout. »

Il me prend la main et la caresse avec son pouce. « Essaie ?

— D'accord », je murmure.

Mince. Je ne suis vraiment pas prête à m'ouvrir à cette facette de moi-même. Surtout en présence de gens – *de loups* – que je connais à peine.

Mais je ne considère pas Garrett comme un inconnu. Pas du tout. Et auprès de lui, je ne me sens pas folle. Je peux peut-être y arriver.

En tout cas, je peux essayer.

~.~

Garrett

« Qui a enlevé Sedona ? » demande Jared.

Nous sommes réunis autour de la table, en train de manger les tacos au poisson que Trey et lui ont ramenés. Il est tard, mais personne n'arrive à dormir. « Tu as vu à quoi ils ressemblaient dans ta, euh, ta vision ? »

Amber secoue la tête. Elle mange debout, appuyée contre le comptoir de la cuisine. Elle garde ses distances.

C'est une bonne idée, mais j'ai envie de l'asseoir sur mes genoux et de la nourrir avec mes doigts.

« C'étaient des loups ? » demande Trey en tordant le cou pour la regarder.

Elle fronce les sourcils. « Non, c'étaient des hommes... hum. » Elle s'interrompt. « Comment pourrais-je le savoir ? Est-ce que les loups ont un signe distinctif, quelque chose du genre ?

— Leurs yeux. Est-ce qu'ils changeaient de couleur, ou brillaient ? »

Elle secoue la tête d'un air découragé. « Je ne me rappelle pas.

— Tu peux revoir la vision ?

— Ce n'est pas comme un film que je peux rembobiner. Elles me viennent, c'est tout.

— Tu ne peux pas du tout les contrôler ? »

Je fronce les sourcils en direction de Trey pour qu'il la ferme.

« Non, dit-elle sèchement. Ça ne marche pas comme ça.

— Eh ben, c'est nul », râle Trey.

Je gronde, et il se recompose une expression plus amicale.

« Écoutez, je fais ce que je peux. » Amber pose son assiette et se tourne vers l'évier. Elle se lave les mains pendant près d'une minute, puis prend une serviette en papier et commence à essuyer le comptoir.

« Hé. » Je me lève et m'approche d'elle. Je ne comptais pas la coller, mais de toute manière, elle lâche la serviette et recule. « On essaie juste de comprendre comment ton don fonctionne. »

Elle tressaille au mot *don*. « Tu ne comprends pas. J'ai passé toute ma vie à essayer de bloquer ces visions.

— C'est pour ça que tu as des migraines ? »

Ses épaules se soulèvent, puis s'affaissent.

« Tu as déjà essayé de laisser les visions venir ?

— Je ne peux pas. »

Je penche la tête de côté.

« Je n'ai jamais essayé, rectifie-t-elle. J'ai peur qu'elles ne prennent trop de place dans ma vie.

— D'accord. Je peux essayer quelque chose ?

— Quoi donc ? » Elle me lance un regard méfiant. Elle se fiait à moi, contre tout bon sens, mais j'ai trahi sa confiance. Cette distance entre nous est entièrement ma faute.

« Je vais te toucher », je murmure.

Derrière moi, Jared se racle la gorge.

« S'il te plaît », j'ajoute.

Elle acquiesce après une petite hésitation.

« Respire normalement. Détends-toi. »

Je pose une main sur ses yeux. « Ferme les yeux. » Ses paupières papillonnent contre ma paume. « Fais le vide dans ton esprit et réponds-moi sans réfléchir. Des humains ou des loups ? »

Elle garde le silence si longtemps que j'abandonne l'espoir d'obtenir une réponse. La chaleur qui émane de son corps, si proche du mien, me fait bander. J'inspire son parfum, tout en sachant que si je veux garder le contrôle, je ferais mieux de reculer et de ne surtout pas la toucher.

« Des loups », finit-elle par dire.

Je me fais violence et recule de quelques pas. « J'en étais sûr.

— Qu'est-ce qu'ils lui veulent, d'après toi ? » demande Jared. Trey et lui se sont levés. Je me passe la main dans les cheveux. « En faire une reproductrice, probablement. »

Amber a l'air choquée. Je lui explique : « De nombreux métamorphes estiment que notre espèce est menacée d'extinction. Notre ADN a été trop dilué par les gènes humains.

Se reproduire avec une humaine est considéré comme un affront envers notre espèce. Mais d'un autre côté, dans les petites communautés isolées, les relations consanguines sont devenues un problème.

— Que se passe-t-il quand un métamorphe se reproduit avec un humain ? demande Amber.

— La plupart du temps, ils ont des enfants humains. » Je rencontre son regard intelligent. Est-elle en train de se demander ce qui pourrait arriver si nous continuons sur cette voie, si nous poursuivons cette danse du désir condamnée d'avance ? « Des enfants qui ne tombent jamais malades et guérissent rapidement, mais des humains, pas des loups.

— Ils ne peuvent pas... muter ?

— C'est ça. Enfin, certains le peuvent – ça arrive. À Tucson, une panthère n'avait jamais muté avant de tomber enceinte d'un loup métamorphe. Mais c'est rare.

— Alors, tu penses qu'ils ont repéré une louve qui ne fait pas partie de leur meute et qu'ils l'ont enlevée pour lui faire des enfants ? » La voix d'Amber gagne en volume, et j'ai un aperçu de ce à quoi elle doit ressembler pendant une plaidoirie.

Elle doit être incroyable dans une salle d'audience. Je bande en l'imaginant vêtue d'un de ses costumes moulants, en train de faire les cent pas dans le tribunal sur ses talons hauts et d'éblouir tous les mâles présents avec ses chevilles musclées et son esprit acéré.

« Je pense que c'est possible, oui. C'est une louve alpha, et elle est assez jeune pour porter de nombreux petits. »

Amber déglutit, l'air un peu malade. « On doit la sortir de là.

— Ouais. » Mes tripes se nouent. « Et vite. Avant qu'ils ne commencent à... » Je ne peux pas finir ma phrase. Je serre les poings, avec l'envie de l'enfoncer dans le visage des coupables. Mon loup est fou de rage. Je veux démolir tout ce que je vois. Si Amber n'était pas là, je l'aurais probablement déjà fait.

« Alors, que fait-on ? » demande-t-elle, le menton levé, comme si elle était prête à tout. Elle ne va pas aimer ma réponse.

« Amber, nous n'avons aucune piste. Nous n'avons rien, à part tes visions. Continuons de jouer à *Questions pour un Champion*, on verra bien ce qui se passe. »

Ses épaules s'affaissent. Le doute s'immisce dans son parfum. Je m'approche pour lui bloquer la vue de mes deux frères de meute qui l'observent, et pose ma main sous son menton. « Tu peux y arriver, Amber. Je suis sûr que tu peux maîtriser ton don.

— Et si je me trompe ? Ou que je ne vois rien ?

— Ce ne sera pas pire que ce qu'on a pour le moment.

— Tu es dingue », marmonne-t-elle, mais elle va s'asseoir sur le canapé, replie ses jambes en dessous d'elle et ferme les yeux. « Vas-y. »

Trey a ouvert son ordinateur. « Il est écrit ici que les extralucides peuvent être doués de clairsentience, de clairvoyance, de clairaudience et de clairconnaissance. D'après toi, qu'est-ce que tu es, Amber ?

— Clairvoyante. Je vois des images – mais je n'entends rien, en général. Peut-être aussi de la clairsentience... je ressens parfois des choses, comme des émotions. Surtout les siennes. » Elle me regarde.

« G, tu as quelque chose qui appartient à Sedona ? demande Trey. C'est aussi écrit que les voyants engagés par la police se servent un objet ayant appartenu à la victime ou à la personne disparue pour déclencher leur intuition. »

Je vais chercher un débardeur de ma sœur dans la

chambre qu'elle occupait. Je le tends à Amber. « C'est à Sedona.

— Ça ne coûte rien d'essayer, je suppose », dit-t-elle en serrant le haut entre ses deux mains. Elle ferme les yeux.

« Où est Sedona ? »

Amber se tient parfaitement immobile, tandis que trois paires d'yeux la fixent en silence. Les minutes s'écoulent. Elle finit par pousser un gros soupir, comme si elle avait retenu sa respiration. « Je ne sais pas, finit-elle par dire.

— Est-elle toujours à San Carlos ? »

Une nouvelle longue pause, puis elle secoue la tête. « Désolée.

— Est-ce que tu arrives à savoir le nom d'un des loups qui l'ont enlevée ? »

L'agitation émane de ma petite humaine, mais elle referme les yeux.

« La... Leu... Lobo ? » Elle ouvre les yeux. « Oh, c'est stupide. Ça veut juste dire *loup* en espagnol.

— Non, tu es peut-être sur une piste. Ça pourrait être le nom d'une famille de loups.

— Ton père a peut-être des contacts dans certaines meutes de la région », dit Jared à voix basse.

Je pousse un soupir. J'espérais retrouver rapidement ma sœur sans impliquer mon père. « Essayons d'abord d'en apprendre plus. Il nous faut une piste. » Je connais mon père. Il débarquera ici avec tous les guerriers de sa meute, peut-être même avec des amis d'autres meutes en renfort, et ce sera un carnage. Mes tripes me disent que Sedona en paiera le prix.

Nous avons besoin de plus d'informations. « Trey ? Tu veux bien appeler Kylie et lui demander si elle peut faire quelques recherches pour nous ? »

Une des métamorphes de Tucson, la panthère devenue

la compagne d'un loup, est une pirate informatique émérite. Elle peut hacker n'importe quel site au monde.

« Je m'en occupe, répond Trey.

— Est-ce qu'elle se trouve dans une maison ? En extérieur ? Est-elle sous sa forme humaine, ou de louve ? » demande Jared.

Le visage d'Amber se crispe, et elle secoue la tête. « Je suis désolée. Je ne sais pas. » Elle a le teint blafard et semble épuisée. Mon loup gémit, détestant la voir dans l'inconfort.

« D'accord, dis-je. Amber, si tu allais dormir un peu ? La journée a été longue. On réessaiera demain matin.

— Non, ce n'est pas grave, je peux continuer. Posez-moi une autre question.

— Amber. » J'insuffle un ton de commandement dans ma voix. Jared me lance un coup d'œil, et je me calme. « D'accord. Une dernière.

— Que devons-nous faire pour la retrouver ? demande Jared.

— Hmm, bonne question. » Amber ferme à nouveau les yeux, et Trey sort appeler Kylie dehors. Je fais signe à Jared de le suivre.

Je m'assieds au fond de la chaise et attends en silence. Le bruit des vagues qui s'écrasent sur la plage compose une mélodie qui apaise la tension dans la pièce. Amber pousse un petit soupir. Elle s'est endormie.

J'ai beau avoir le cœur au bord des lèvres et vouloir retrouver Sedona à tout prix, je me refuse à réveiller Amber. Je la soulève délicatement ; ses paupières tressautent, mais ne s'ouvrent pas. Elle remue les lèvres, mais je ne comprends pas ce qu'elle dit.

« Pardon ? »

Elle fronce les sourcils et secoue la tête. « Je ne sais pas.

— Si, tu le sais », je lui assure en la portant dans la

chambre. Comment a-t-elle pu passer toute sa vie sans que personne ne lui dise à quel point elle son talent est spécial et puissant ? Que c'est un don, et non une malédiction comme elle en est persuadée.

Je repousse les couvertures et l'allonge dans le lit. Ma petite tigresse semble si fragile quand elle dort, son front barré d'un pli inquiet. Mon loup est plus calme maintenant, et je ne peux résister : j'effleure sa ride d'anxiété du bout des lèvres. Si elle était ma compagne, je ferais tout mon possible pour m'assurer qu'elle n'ait plus jamais la moindre raison de s'inquiéter.

~.~

Amber

JE ME RÉVEILLE COUCHÉE dans le lit, dans la chambre. Garrett me regarde, assis sur la chaise, son menton entre les mains.

« J'ai dormi combien de temps ? je demande d'une voix ensommeillée.

— Une heure. Pas de migraine ?

— Non. Tu surveilles ta prisonnière ? » je murmure en m'asseyant et en me frottant les yeux. J'étire mes bras au-dessus de ma tête et cambre le dos. L'attirance torride entre nous est-elle passée ?

Non. Du coin de l'œil, je distingue quelque chose en train de grossir et de s'allonger dans son jean.

« Tu prends ce délire de kidnapping très au sérieux. » Je ne devrais vraiment pas tenter le diable... le loup... mais je ne peux pas m'en empêcher. Il est irrésistible, avec ses yeux qui brillent et ses cheveux emmêlés.

« J'aurais pu te réattacher. » Sa voix est plus gutturale que d'habitude, son regard brûlant.

Mon sexe se contracte, mais je me force à garder un visage impassible. Il n'a pas besoin de savoir à quel point il me fait de l'effet.

Ses narines s'évasent, ses yeux deviennent argentés alors qu'il renifle l'air. « Tu ovules bientôt.

— Comment ? » Je tire les couvertures vers le haut, soudain contente d'être habillée.

« Ton cycle est synchronisé à celui de la lune. C'est devenu rare chez les humaines, de nos jours. »

Je regarde par la fenêtre, où les rideaux encadrent la pleine lune.

« Dans deux jours », répond-il à ma question silencieuse. Je remonte la couverture jusqu'à mon menton sous ses yeux d'étain.

Qu'est-ce qui se passe à la pleine lune ?

Je chasse.

« Qu'est-ce que ça signifie pour toi ? je demande.

— Que je vais peut-être devoir t'enfermer pour ta propre sécurité. » Son regard scintillant crie *grand méchant loup*.

« Tu l'as déjà fait.

— T'enfermer loin de moi, je veux dire. »

L'excitation me traverse. Garrett se penche en avant, ses poings serrés, ses tatouages bien en vue.

Il est dangereux, je me répète. *Il t'a kidnappée. Attachée.*

La pulsation s'intensifie entre mes jambes. Ce serait si facile de repousser les couvertures et d'écarter les cuisses. De me caresser pour lui. Je me demande combien de temps il tiendrait avant de craquer.

Non, non, non. Vilaine fille.

Cet homme incarne toutes les mauvaises décisions que je n'ai jamais prises, réunies en un seul être. Et si je ne reprends pas mes esprits au plus vite, je vais possiblement commettre la pire erreur de ma vie.

Un coup résonne contre la porte de la chambre.

« Chef ? appelle Jared.

— Ouais. » Garrett secoue brusquement la tête, un peu à la manière d'un chien qui s'ébroue, et se lève de la chaise. Il s'approche de la porte, furtif comme un loup. Comme un prédateur.

« J'ai reçu une réponse de Kylie. Elle nous a envoyé la liste des personnes portant le nom de famille *Lobo* qui vivent dans la région et dans le reste du Mexique. Il y en a un pas loin d'ici. On va aller patrouiller là-bas maintenant.

— Merci, dit Garrett. Je vais rester ici avec Amber et continuer de lui tirer les vers du nez. »

Je me mordille la lèvre en entendant les loups partir. Une femme a disparu. Quoi qu'il y ait entre Garrett et moi, ça peut attendre.

Trente minutes plus tard, je fais les cent pas dans le salon, les poings serrés. « Je ne sais pas. Je ne sais vraiment pas. J'aimerais pouvoir t'aider, mais je n'y arrive pas.

— Détends-toi. Tu es trop stressée. Allonge-toi sur le canapé et ferme les yeux. »

Mon ventre se noue. « Je n'y arrive pas. Garrett, ça ne marche pas. Je ne peux pas t'aider. Tu vas devoir trouver un autre moyen pour retrouver ta sœur.

— Si, ça marche. Ça a marché. Je te demande juste de réessayer.

— Bon Dieu, je n'y arrive pas », je lâche sèchement, puis ferme la bouche en voyant la souffrance sur son visage. Je me force à expirer doucement. « Je regrette, mais tu me stresses. Toute cette expérience est assez intense.

— Je sais. C'est pour ça que je voulais que tu t'allonges. Tu as besoin de te détendre. Soit tu y arrives toute seule, soit je t'aide. »

Pardon ? Je fais volte-face, les mains sur les hanches. « Tu m'aides ? Et comment comptes-tu faire ça, exactement... » Je m'interromps en voyant Garrett s'approcher de moi en faisant passer son T-shirt par-dessus sa tête.

Je recule, même si mon bas-ventre passe la seconde.

Tu ovules bientôt. Qui dit des choses pareilles ? Un loup métamorphe, je suppose.

« Qu-qu'est-ce que tu fais ? »

Ses lèvres se soulèvent en un sourire en coin. « Je sais ce qui me détend, moi...

— Oh, non. » Je fais un bond de côté pour échapper à sa main tendue.

Il se déplace à une vitesse ahurissante pour sa stature. Il me saisit par la taille, me soulève et me place dos à lui tandis que je donne inutilement des coups de pied. « Qu'est-ce que je t'ai dit ? Ne fuis jamais devant un loup », gronde-t-il. Son haleine tiède retombe sur mon oreille.

« Arrête ! Pose-moi... » Je pousse un petit cri lorsqu'il frotte sans douceur la couture de mon pantalon de yoga contre mon clito. Ma chatte libère des spasmes de plaisir.

« Tu sais que tu en as envie. » La vibration de sa voix se répercute directement dans mon entrejambe. « Depuis le jour de notre rencontre, tu sais que c'est inévitable. »

Je rejette ma tête en arrière contre lui. « Non, pas du tout », je mens, et essaie de me libérer en gloussant nerveusement. Je ne sais même pas pourquoi je lui résiste, sinon par principe devant sa conviction arrogante.

« Oh si, tu le sais. Tu crois que je ne sens pas chaque fois que tu mouilles pour moi ? »

Je me pétrifie à cette idée. Combien de fois m'a-t-il fait

mouiller depuis que je le connais ? Et il le savait ? *Chaque fois* ? Merde.

Je ferme la bouche pour étouffer un gémissement alors que sa grande main continue de stimuler mon sexe par-dessus mon legging.

« Tu peux continuer à me mentir, à te mentir, mais ce petit corps réactif dit toujours la vérité. » Il me plaque contre son torse et glisse une main sous mon T-shirt. Elle se pose sur mon sein, le malaxe.

Je me cambre avec un cri de plaisir.

Il pince mon mamelon gonflé et le fait rouler entre deux doigts, tandis que son autre main continue sa lente torture sur mon clitoris en frottant la couture de mon pantalon contre ma chair. « Tu crois que je n'ai pas vu chaque fois que ces jolis tétons ont durci, ou comment tes pupilles se dilatent quand tu penses à ce qui arrivera si – non, *quand* le grand méchant loup décidera de te baiser ? »

Un mini-orgasme me traverse, avec un frémissement qu'il sent certainement. Et moi qui essayais de prétendre que je n'étais pas intéressée.

Il plie le genou et le place entre mes jambes, soutenant mon poids et libérant ses mains pour baisser mon legging jusqu'à mes genoux.

« Non », je couine, mais j'ai l'air trop excitée pour être crédible.

« Dis oui, me murmure-t-il à l'oreille.

— Non... Je ne... » Le plaisir qu'il déclenche dans mon bas-ventre me tire un gémissement.

« Tu en as besoin. »

Il fait glisser sa paume sur mon entrejambe et la pose à plat sur mon mont de Vénus. Je sursaute lorsque ses doigts chauds trouvent ma chatte mouillée, et lève la main en arrière pour la poser dans son cou.

Il ralentit, me fait basculer sur son genou et fait courir un doigt sur ma fente trempée. « Dis oui, murmure-t-il avant de me mordiller l'oreille. Et je te laisserai jouir.

— Tu me *laisseras* ? »

Personne ne me *laisse* jouir. Je jouis quand je... Mes yeux roulent dans leurs orbites lorsque ses doigts écartent mes grandes lèvres et explorent l'intérieur de mon sexe. Bon Dieu, son index est aussi gros que le membre de certains hommes. Je le veux en moi.

Comme s'il lisait dans mes pensées, il me pénètre. Seulement son index pour commencer, puis accompagné de son majeur. Il m'emplit, m'étire, caresse l'intérieur de ma chatte brûlante.

Je griffe sa nuque et lutte comme une lionne, mais ça ne semble pas le déranger.

« Tu as compris, princesse. Je te *laisserai* jouir. » Il retire abruptement ses doigts et donne de petites tapes sur mon clitoris. « Ou est-ce que tu préfères que je te laisse dans cet état ?

— J-je pourrais finir toute seule. » Techniquement, c'est vrai. Même si ce serait beaucoup moins satisfaisant.

Il baisse son genou, repose mes pieds par terre.

« Oui », je lâche immédiatement, toute fierté évanouie dès que ses mains chaudes quittent mon corps. « J'ai dit *oui*. »

Il rit doucement et me soulève. « Bonne fille », me souffle-t-il à l'oreille en me portant vers la chambre, où il me jette sur le lit comme une poupée de chiffon.

Je me redresse sur mes coudes et le regarde se placer au-dessus de moi. Sa queue tend son jean, son expression est affamée. « Je vais te faire hurler de plaisir. »

L'arrogance, ça va ? Mais il a probablement raison d'être sûr de lui. Les filles doivent régulièrement sauter dans les bras d'un si bel homme – ou loup, peu importe.

Il se saisit de ma culotte et la baisse si brutalement qu'il la déchire. Il jette les lambeaux de tissu par-dessus son épaule. Ses mains se posent sur mes genoux, il les écarte et les replie pour que je m'ouvre devant lui. « Je t'ai promis une récompense. »

J'étouffe un petit cri, me sentant incroyablement vulné-rable, mes parties intimes ainsi étalées et présentées pour son inspection minutieuse. Il pose son pouce sur mon clitoris et reste là sans bouger, comme s'il devinait que j'ai besoin d'un moment pour me calmer et m'habituer à cette position.

« Mets les mains derrière la nuque. »

Je le regarde fixement, le temps que mon cerveau comprenne ce qu'il me demande. Lorsqu'il hausse un sourcil sévère, je lève lentement les mains et les place derrière ma nuque. Cette position décuple mon impression d'être exposée, mais j'oublie ma gêne dès que Garrett pose la pointe de sa langue entre mes lèvres. Il les écarte, court à l'intérieur de chacune et remonte vers mon clito. Déjà en feu, je sursaute à son contact et me cabre.

Il maintient mes hanches dans sa grande main tout en me pénétrant avec sa langue. Son pouce revient se poser sur mon clitoris gonflé et le masse doucement.

Je pousse un cri sans force, et mes mains se posent sur sa tête pour le repousser. La sensation est trop intense.

« Hep hep hep, me réprimande-t-il. Je t'ai dit où je veux tes mains.

— Pardon », je pleurniche, désespérée qu'il continue – tout autant que je voulais qu'il s'arrête à peine un instant plus tôt.

Il s'assied en ramenant ses genoux devant lui, attrape mes chevilles et les soulève en l'air.

« Qu'est-ce que tu... Aïe ! »

Garrett transfère mes deux chevilles dans une main, et de l'autre, il claque mes fesses, fort. Ensuite, il les frotte pour faire passer la brûlure, puis m'administre encore une tape, et une autre. Ce ne sont pas de petits coups ; ils sont puissants et délibérés. Ils atterrissent aussi sur les lèvres gonflées de mon sexe exposé, et sa paume est bientôt mouillée de mes fluides. Le brasier qu'il déclenche provient du plus profond de moi-même.

Et pourtant, je lutte. J'essaie de bouger mes jambes coincées entre ses mains.

C'est à la fois horrible et incroyable. Je suis sans défense mais, pour la toute première fois de ma vie, je ne cherche pas à avoir le contrôle. Je le lui laisse. Je le laisse me punir, parce que je sais ce qui vient ensuite.

Le plaisir.

Du plaisir pur, naturel.

« Les vilaines filles désobéissantes doivent être punies. Tu n'es pas d'accord, bébé ? » Sa voix transpire le sexe, et je gémis en réponse. « Pardon, mon ange ?

— Oui, monsieur. » Je ne sais même pas ce qui me prend de dire ça. Ce n'est pas comme si je regardais du porno BDSM ou que je m'y connaissais en fessées coquines, mais ça vient tout seul.

Il pousse un grondement rauque. Son regard devient argenté. « Oh, bébé. Ma queue est dure comme la pierre. »

Alors que je gesticule et me tortille sous les assauts de sa main, j'ai soudain terriblement envie de l'aider avec sa queue dure comme la pierre. Combien pourrai-je en faire entrer dans ma bouche ?

Lorsqu'il cesse de me fesser, je laisse échapper un petit gémissement. Il soulève mes chevilles encore plus haut et dépose un baiser sur chacune de mes fesses avant de me rallonger. Je pose mes mains sous mon derrière pour toucher ma chair chaude qui picote, encore haletante après ma punition. Sans que je ne le leur demande, mes genoux s'écartent et mes hanches se soulèvent en position d'offrande.

Il rit doucement. « Que va-t-on faire de ces mains ? »

Je les replace immédiatement derrière ma tête. Mes fessent pulsent, me rappelant ce qui arrive quand je désobéis. J'en ai à la fois très envie, et pas du tout. « Pardon, monsieur. »

~.~

Garrett

Oh NON.

Elle vient vraiment de m'appeler encore une fois *monsieur*. Par le ciel, elle teste mon self-control.

Ma queue presse contre mon jean, elle est douloureusement dure et meurt d'envie de plonger en Amber. Mais je ne le ferai pas. Non, ce moment est pour elle. Je lui ai promis du plaisir. Et puis, je ne me fais pas confiance dès que ça la concerne.

« Je suis tenté de t'attacher, puisque tu as tant de mal à suivre les ordres. Mais je n'ai pas envie de recevoir un coup de genou dans les couilles, et je soupçonne fortement que c'est ce qui arrivera si j'essaie de recommencer. »

Elle aboie un rire. « À vrai dire, je pensais acquérir un casse-noix en acier. »

Je penche la tête et reprends mon petit plaisir de tout à l'heure, goûter sa chatte incroyable. Je la lèche, mordille ses lèvres. « Bébé. Tu as un goût délicieux. »

Elle se cambre. « Oh, bon Dieu ! »

Je décalotte son clitoris et lui donne de petits coups de langue, puis suçote le bourgeon de chair gonflée jusqu'à ce que ses jambes tressautent autour de mes oreilles et que son souffle étranglé prenne des accents de désespoir. Je plonge deux doigts dans son sexe trempé et les fais tournoyer en elle, frottant ses parois intérieures. Je trouve son point G et le stimule. Sa chair durcit sous mes doigts, et elle pousse des cris aigus.

Je lèche le pouce de mon autre main pour le lubrifier et le place entre ses fesses, à la recherche de son anus rose. Ses hanches se soulèvent du lit, mais je suis ses mouvements et décris des cercles autour de son petit trou en appuyant.

« Arrête... Quoi ? Oh, bon Dieu », crie-t-elle d'une voix perçante.

Je fais entrer et sortir mon pouce de son anus tout en caressant son point G. Je continue de la baiser ainsi, par les deux trous, de plus en plus vigoureusement. Ma vision s'est voilée, mon loup gronde, mais je ne compte pas lui laisser la moindre liberté. L'intérêt n'est pas de coucher avec une humaine sexy, même si mon loup s'y est attaché. Je lutte contre mon envie d'échanger mes doigts avec ma queue et de pilonner sa jolie chatte jusqu'à ce que le plaisir nous emporte tous les deux.

Amber est déjà proche de l'orgasme, si proche.

« Jouis pour moi, chérie, je gronde. Jouis sur mes doigts, maintenant. »

Elle ne tient que trois secondes de plus avant d'exploser,

en criant comme je l'avais promis. Elle se cabre et donne des coups de pied involontaires, ses muscles internes se contractent en spasmes autour de mes doigts alors qu'elle se laisse emporter par l'orgasme, dans la démonstration de plaisir la plus sexy que j'ai jamais vue.

Je continue de faire aller et venir mes doigts en elle jusqu'à ce qu'elle s'effondre sur le lit, puis je les retire et dépose un baiser sur les lèvres gonflées de sa jolie chatte. « Je reviens tout de suite. » Je me lève et vais me passer de l'eau sur le visage dans la salle de bains, le temps de reprendre le contrôle sur mon loup.

C'était pour Amber. *Pas* pour moi.

Mais mon loup se contrefout de ma décision de ne pas prendre Amber pour compagne. Ça le gonfle que mes couilles soient toujours pleines et que je ne me sois pas encore uni à la femelle dans la pièce à côté.

Je me force à penser à Sedona et, après quelques respirations, mon loup s'apaise. J'ai aidé Amber à se détendre pour qu'elle puisse retrouver Sedona. Pas pour la marquer.

Une fois que j'ai repris mon calme, je reviens dans la chambre et découvre qu'Amber n'a pas bougé, ses jambes et ses bras toujours écartés. Sa chevelure ébouriffée et ses joues rouges trahissent qu'elle vient jouir. *Grâce à moi.* Mon loup roule des mécaniques. Je m'allonge contre elle et l'embrasse dans le cou.

« Et toi ? demande-t-elle d'une voix éraillée.

— Je ne crois pas que tu sois prête pour une bite de loup. » J'espère que ma plaisanterie parvient à masquer ma grimace de douleur. Je pense sérieusement que je risque de mourir si je ne la baise pas bientôt. Mais Amber n'est pas pour moi. Je n'ai pas prévu de prendre de compagne, et certainement pas une humaine. Et malheureusement, je ne crois pas pouvoir me contenter de coucher avec elle sans aller plus loin, alors que mon loup me hurle de la marquer.

« Non ? » Elle fait la moue. Elle est adorable. Ses barrières sont baissées, et je peux voir la véritable Amber qui se dissimulait dessous. La douce, gentille et angélique Amber. Par le ciel, si je ne fais pas attention, je vais lui faire du mal en dépit de mes meilleures intentions. Je dois lui dire qu'on ne peut pas aller plus loin. Maintenant.

Elle se met à quatre pattes et rampe vers moi, comme une esclave sexuelle modèle. Je manque de tourner de l'œil lorsqu'elle ouvre le bouton de mon jean.

Je lui saisis les poignets pour l'arrêter, mais c'est trop tard. Elle pose sa bouche chaude et humide sur ma queue et la mordille par-dessus mon boxer.

« Putain. » Je referme mon poing autour de ses cheveux pour immobiliser sa tête et sors mon sexe de l'autre main.

Elle ouvre grand la bouche.

Ah, par le ciel, je ne devrais pas. Vraiment pas. Mais je suis incapable de résister. Je plonge profondément dans sa bouche, cogne contre le fond de sa gorge et lui provoque un haut-le-cœur. Je recule immédiatement, choqué d'être un tel connard. « Je t'avais dit qu'une bite de loup, c'était trop pour toi, dis-je d'une voix voilée.

— Ah oui ? » Ouais, mon humaine adore les défis : elle reprend immédiatement ma queue dans sa bouche, la suce avec ardeur et l'aspire contre sa joue en imprimant un mouvement de va-et-vient. Elle agrippe fermement la base de mon sexe et le caresse en synchronisant ses mouvements avec ceux de sa bouche, donnant l'impression d'avaler toute ma longueur.

Ma vision se trouble. Mes crocs s'allongent pour la marquer. Je suis les instructions que je lui ai données tout à l'heure et joins mes mains derrière ma nuque. Il vaut mieux que je ne la touche pas, sinon je jure que je vais la retourner et la baiser comme un sauvage. Putain, elle est tellement sexy, ses lèvres sensuelles étirées autour de mon membre qui pulse, son regard plongé dans le mien comme un parfaite soumise.

« Bon sang, Amber, je ne dirai plus jamais qu'une bite de loup est trop pour toi », je lâche d'une voix rocailleuse. J'ai envie d'appuyer sur sa tête pour la faire accélérer, mais je me retiens.

Pas touche.

Ne la touche pas si tu veux la protéger.

Elle accélère le rythme, sentant probablement que je ne suis pas loin de grimper aux rideaux à la manière dont mes hanches tremblent.

« Putain, bébé, je vais jouir », je grogne. Je commence à me retirer, mais elle ne me laisse pas faire. Elle resserre son petit poing autour de mon sexe et l'aspire goulûment.

Des étincelles explosent sous mes paupières. Je beugle, un son plus animal qu'humain, et jouis dans sa bouche. Elle garde ses lèvres serrées, avale ma semence.

Mon orgasme m'accorde quelques précieuses secondes pour m'éloigner d'elle. Pour m'empêcher de baiser cette jolie chatte brûlante jusqu'à la fin des temps.

Je m'écarte et me dirige d'un pas décidé vers la porte. Je range ma queue dans mon pantalon et remonte la fermeture éclair. Je me force à rester face à la porte, comme un enfant puni mis au coin. Malgré mon orgasme, ma chair est toujours en feu, mes crocs sortis et prêts. Je me concentre pour calmer ma respiration. Je peux y arriver. Je suis un loup alpha. Si je n'ai pas la discipline nécessaire pour dominer la bête en moi, je ne mérite pas d'être chef de meute.

« Écoute, Amber, dis-je d'une voix étranglée. Ce que... ce qu'on vient de faire...

— Non, je sais, m'interrompt-elle en se levant et en commençant à se rhabiller. C'était juste pour me détendre. » J'ose me retourner, et vois que la joie tranquille a disparu de son visage, comme un interrupteur soudain éteint.

La souffrance que m'inflige cette vision est suffisante pour faire rentrer mon loup tout au fond de moi. Ma vue s'éclaircit. Mes dents retrouvent une taille humaine.

« Ça ne pourra pas marcher entre nous. » Les mots m'arrachent la bouche. « Les humains et... ça ne marche pas sur le long terme. Crois-moi, bébé, j'ai envie de toi. Tellement que ça me fait mal. » J'empoigne la bosse dans mon pantalon pour plus d'emphase. « Mais je ne peux pas faire ça.

— Tu as été très clair, dit-elle avec raideur. Je ne dirai plus que c'est notre second rendez-vous. »

Un poids terrible alourdit ma poitrine. « Non, c'est vraiment un rencard. Je ne kidnappe pas n'importe qui, et je n'attache pas toutes les filles à des chaises, tu sais. » J'essaie de faire un trait d'humour, mais retrouve vite mon sérieux. « Je veux que tu saches que je ne fais pas ça avec tout le monde.

— Ouais, c'est ça. Je parie que toutes les filles te sautent dessus dans le club. »

Détecterais-je une pointe de jalousie ? Mon ego est momentanément ravi. « Pas du tout. »

Elle me tourne le dos et enfile son legging.

Merde. Je l'ai rendue triste. J'ai manifestement tout fait foirer. Je m'approche d'elle et passe un bras autour de sa taille, mais elle se crispe. Je sens les murailles qu'elle a érigées entre nous, et ça me tue.

Elle ramasse le débardeur de Sedona comme si elle allait le mettre à la place de son haut, puis se fige.

Je reste immobile, moi aussi, même si je sais qu'elle n'a pas envie que je la touche. J'ai l'impression d'avoir besoin d'un contact physique pour compenser le gouffre que je viens de créer entre nous.

« Elle est dans une cage, on la sort d'un avion et on la place dans un camion blanc. »

Je lâche sa taille et la fais tourner entre mes bras. « Où ça ? » j'aboie, avant de pousser un juron silencieux lorsqu'elle sursaute.

« Je ne sais pas. Les hommes ont l'air latinos. Alors, peut-être toujours au Mexique ?

— Où ? Quelle ville ?

— Je ne sais pas. »

Je me retourne vers la porte, puis me ravise, saisis la taille d'Amber et l'attire contre moi pour l'embrasser. « Merci. »

Elle rougit. « Oh, je ne sais pas si... »

Je coupe ses protestations d'un autre baiser. « Merci. » Je la lâche aussi brusquement que je l'ai prise dans mes bras.

« Trey ! » je crie en ouvrant la porte de la chambre. J'ai entendu les loups rentrer il y a quelques minutes. « Appelle Kylie. Il me faut la liste de tous les avions qui ont quitté cette zone depuis que Sedona a disparu – surtout ceux qui auraient pu transporter un loup en cage. »

Mon frère de meute a son téléphone collé contre son oreille avant que j'aie terminé. « L'aéroport le plus proche est à Hermosillo. »

Je me tourne ensuite vers Jared. « Montre-nous une carte du Mexique. » Le loup tatoué ouvre son ordinateur et une carte s'affiche bientôt sur l'écran. J'apporte l'ordinateur à

Amber, qui s'est habillée et est sortie de la chambre. « Où ça ? »

Elle a l'air incertaine, mais regarde la carte.

« Ne réfléchis pas, dis simplement la première chose qui te vient à l'esprit.

— Mexico », lâche-t-elle, avant de paraître surprise, comme si elle n'avait pas prévu de parler. Elle cligne plusieurs fois des yeux. « Mais j'ai aussi entendu le mot *Lobo* à nouveau.

— Je vais demander à Kylie de faire une recherche sur ce nom autour de la capitale, déclare Trey.

— Appelle-la dans la voiture. » Je fais un signe de tête à Jared, qui referme son ordinateur et le range dans son sac. « On va à Hermosillo. »

CHAPITRE HUIT

Garrett

À la première heure, nous prenons un vol direct entre Hermosillo et Mexico. Trois heures de voyage. Sedona a disparu depuis presque vingt-quatre heures. J'aurais dû appeler mon père avant d'embarquer mais, sans trop savoir pourquoi, je veux résoudre la situation par moi-même. Prouver que je suis capable de diriger ma meute et de protéger ma sœur.

J'espère que je ne fais pas courir encore plus de danger à Sedona en décidant d'attendre avant de le contacter.

Je fixe la tête dorée posée contre mon épaule, les ondulations soyeuses qui tombent en cascade autour du visage endormi d'Amber. D'habitude, elle porte ses cheveux attachés, retenus, hors d'atteinte. Exactement comme sa confiance.

Je frotte sa chevelure impossiblement douce entre mes doigts.

À moi.

Bon Dieu, je veux cette petite humaine. Pas juste la

baiser ; ça aussi, assurément, mais mon besoin d'elle va bien au-delà du sexe. Je veux la posséder entièrement : cœur, corps, âme. Je veux la marquer, qu'elle soit mienne aux yeux de tous. Je veux la chérir et la gâter, lui dire tous les jours à quel point elle est exceptionnelle. La protéger, pour qu'elle puisse abaisser ses murailles et laisser son don s'exprimer. Pour qu'elle puisse vivre librement.

Je ne m'attendais pas à avoir envie de me ranger un jour. Et puis, ce n'est pas possible. Je ne peux pas m'unir à elle et rester alpha ; or, mon loup est trop dominant pour être quoi que ce soit d'autre.

Je pourrais déménager et vivre en loup solitaire, mais j'ai été élevé au sein d'une meute, destiné à prendre la tête d'une meute. Mon loup est trop sociable pour vivre en paria. Le mépris de ma meute et la déception de mes parents seraient trop lourds à porter. Mon loup pourrait finir par reprocher à Amber ce que j'aurais dû abandonner pour elle.

Il est temps que j'assume mes responsabilités et que je suive les règles.

Règle numéro un : *les humains et les métamorphes ne sont pas faits pour être ensemble.*

L'avion entame sa descente. Amber s'éveille, lève sa tête de mon épaule et me prend la main en clignant des paupières.

Elle lève les yeux vers moi, sur le point de dire quelque chose, mais je l'embrasse avant qu'elle ne puisse parler. Je pose une main dans sa nuque et caresse ses lèvres des miennes, ce qui constitue la meilleure distraction contre mon angoisse dévorante à propos de Sedona. Je lèche l'inté-rieur de sa bouche, aspire sa langue dans la mienne, lui mordille les lèvres. Son goût est aussi incroyable que son odeur.

Lorsque l'avion atterrit, je m'écarte d'elle. Il est temps de se concentrer.

Je suis tendu alors que nous traversons les embouteillages matinaux dans un taxi. Même la main d'Amber posée sur ma cuisse ne parvient pas à me calmer.

Lorsque nous arrivons devant l'hôtel le plus proche, Jared va réserver des chambres. J'attends adossé contre le mur de l'établissement, où personne ne pourra arriver derrière moi par surprise. Les humains qui regardent dans ma direction détournent vite les yeux et s'éloignent pour laisser de l'espace entre eux et moi.

« Chef », dit doucement Trey, et je me rends compte que je suis en train de gronder, un son bas et guttural qui intimide tout le monde à trente mètres à la ronde.

Dès que nous entrons dans la chambre d'hôtel, je veux tourner les talons. « Je ne peux pas, dis-je d'une voix où pointe mon loup. Je ne peux pas rester enfermé.

— D'accord, répond Amber. Allons faire un tour. »

J'acquiesce. Mon torse se soulève rapidement, trahissant mes efforts pour garder le contrôle. « J'aimerais bien, mais on ne sait pas où chercher. Aucune nouvelle de Kylie ?

— Non. Oh, attends ; je viens de recevoir la réponse. Tiens, dit Trey en me tendant son téléphone, Kylie a trouvé le nom du passager qui voyageait avec un chien et qui a pris un avion à Hermosillo hier soir. C'est un importateur de textile qui possède un entrepôt ici. J'ai son adresse. »

Je laisse échapper un grondement retentissant. Trey recule un peu, me montre sa gorge.

« Garrett », murmure Amber en me touchant le bras, mais ma vue se trouble.

Je suis sur le point de muter.

« Tu dois garder le contrôle. Sedona a besoin de toi.

— Reste », je lâche entre mes dents serrées.

Elle hoche la tête. « Je resterai ici. Tu me laisseras un téléphone ? Le mien ne capte pas. »

Je vérifie que mon téléphone a du réseau et le pose sur la commode. « Les numéros de Trey et de Jared sont enregistrés.

— Chef ? Quand est-ce qu'on prévient le reste de la meute ?

— On va d'abord y aller en éclaireurs. Voir si elle est là-bas et si on peut la libérer. J'appellerai mon père si on a besoin de renforts. Il viendra avec sa meute et la nôtre, et ce sera la guerre. »

~.~

Amber

Je fais les cent pas dans la chambre d'hôtel. J'ai appelé le service en chambre, mais mon ventre est trop noué pour manger la *torta* que j'ai commandée, un sandwich mexicain au jambon et au fromage.

Je tripote mes cheveux et les remonte en chignon, seulement pour les détacher quelques minutes plus tard. Je suis en train de commencer à craquer.

Amber la folle.

Pour faire revenir Amber l'avocate, je remplis des procès imaginaires contre les hommes qui ont kidnappé Sedona. Je dresse la liste de tous les chefs d'accusation possibles.

Et si Garrett avait raison ? Et si Amber la folle était la seule à pouvoir sauver sa sœur ?

Ce n'est peut-être pas si dingue.

Garrett pense que mes visions sont un don.

Je m'assieds sur le lit et croise les jambes. « Venez à moi », je murmure, essayant de retrouver l'état de calme que j'avais atteint avec Garrett. Immédiatement, mes joues rosissent. Je me tortille et essaie d'ignorer les chatouillements de mon bas-ventre. J'espère que je n'ai pas besoin de me masturber ou de me faire lécher par un homme-loup chaque fois que je veux avoir une vision. Je lâche un rire sans joie. Je dois arrêter de m'attacher à Garrett. Aucun avenir n'est possible entre nous ; il a été très clair là-dessus.

Retrouver Sedona. Pour ça, au moins, je peux l'aider.

Où est Garrett, tout de suite ?

Un éclair de douleur traverse ma tête. Merde. Cela signifie-t-il que je retiens ma clairvoyance ? Je me lève et tourne en rond dans la pièce. Mes yeux se posent sur le sac de Garrett. Je fouille dedans et en sors un de ses T-shirts.

« Venez à moi », j'appelle comme une illuminée.

Instantanément, les visions m'envahissent. Des loups dans des cages alignées les unes à côté des autres par dizaines. L'un des animaux, un gigantesque loup argenté, se jette contre les barreaux en grondant.

Je reviens à moi, en tanguant, et dois écarter les bras pour retrouver l'équilibre. Mon corps a reçu une décharge d'adrénaline, comme si je m'étais moi-même trouvée dans une de ces cages.

Garrett ? Était-ce Garrett dans la cage ?

L'urgence me fait bondir du lit. Mais que devrais-je faire ? Une autre vision se présente. Je ferme les yeux. Garrett est penché contre ma porte à Tucson, en train de me montrer comment crocheter une serrure.

J'ouvre les paupières. Le réveil sur la table de chevet indique dix-huit heures. Du temps précieux de perdu.

Je sais ce que je dois faire.

~.~

Amber

Une demi-heure plus tard, le taxi que j'ai appelé s'arrête à un pâté de maisons de l'entrepôt.

La bouche sèche, je paie le conducteur et commence à marcher. Le crépuscule descend sur les immeubles en béton ; des ordures jonchent la rue. Plusieurs bâtiments sont couverts de graffitis. En revanche, l'entrepôt en question a été fraîchement repeint, et il est entouré de hautes barrières électriques.

J'hésite.

Et si ça se termine mal ? Qui aidera Sedona ?

Je sors le téléphone de Garrett, que j'ai emporté avant de quitter la chambre d'hôtel. Je fais défiler ses contacts jusqu'à trouver celui au nom de *Papa*.

J'appuie dessus.

Une voix grave qui ressemble à s'y méprendre à celle de Garrett répond. « Bonjour, mon fils.

— Bonjour, M. Green. Je m'appelle Amber Drake, je suis... une amie de votre fils ?

— Que se passe-t-il, Amber ? » La puissance dans sa voix me fait trembler, et je manque de lâcher l'appareil. Garrett ne plaisantait pas quand il parlait de l'autorité des alphas.

« Sedona a été kidnappée. Garrett, Trey, Jared et moi avons suivi sa trace jusqu'à Mexico. Garrett et les autres sont allés dans un entrepôt où elle est peut-être détenue, mais je crois qu'ils ont été capturés aussi. Je suis juste devant. Je vais essayer de les sortir de là, mais je voulais d'abord avertir quelqu'un de la situation.

— Qui êtes-vous ?

— La voisine de Garrett. »

Il y a une pause, et je sais ce qu'il se demande. « Oui, une humaine. » *Extralucide.* Je n'arrive toujours pas à le dire.

« Garrett comptait vous appeler s'il avait besoin d'aide. Si vous n'avez pas de nouvelles dans quelques heures, venez les rejoindre avec votre meute et la sienne.

— J'arrive ce soir avec des renforts. Ne bougez pas avant qu'on arrive.

— Je suis déjà devant l'entrepôt. Je vais entrer.

— *Non*. Restez où vous êtes jusqu'à ce que j'arrive. » Le père est manifestement aussi autoritaire et protecteur que son fils. « N'entrez pas là-dedans toute seule. Attendez mon arrivée.

— Je regrette, M. Green, mais je dois y aller. Je suis déjà sur place. Je voulais juste vous donner l'adresse au cas où il m'arrive quelque chose. Je vais vous l'envoyer par message.

— Non, bon sang... »

Je raccroche et mets le téléphone sur silencieux. *Papa* s'affiche immédiatement sur l'écran, mais j'ignore l'appel. Je lui envoie l'adresse de l'entrepôt par message et range l'appareil dans ma poche. Puis, avant de me dégonfler, je traverse la rue et approche de l'immeuble en béton. Je suis peut-être folle, mais ça tombe bien : cette situation requiert un brin de folie.

Je m'ouvre à l'intuition, et une vague de nausée me submerge. Je frissonne de la tête aux pieds.

Quelle porte ? je demande, et laisse mon intuition me guider. *À gauche du bâtiment.*

Je tourne au coin et me dirige vers la porte, en regardant autour de moi pour essayer de repérer la présence de caméras. Je n'ai pas l'impression qu'il y en ait.

Je sors les outils que Garrett a laissés dans mon sac la nuit où il m'a appris à crocheter ma serrure, prends une grande inspiration et imagine que je suis de nouveau devant chez moi, avec la chaleur réconfortante de Garrett contre mon dos.

Rien ne sert de courir, Maître.

Un bruit me fait lâcher le crochet. Je m'accroupis et attends. J'entends quelqu'un parler en espagnol, et une odeur de cigarette flotte dans ma direction. Je me tiens à la poignée pour me relever ; elle se baisse, et la porte s'ouvre. Je manque d'éclater de rire : mon intuition m'a menée jusqu'à une entrée qui n'était pas verrouillée.

À l'intérieur, un long couloir s'étire dans l'obscurité. De la lumière s'échappe d'une pièce vers le milieu de couloir. J'entends des voix étouffées d'hommes, ainsi qu'une télévision à bas volume. Je devrai obligatoirement passer devant cette porte pour traverser le couloir.

Je me force à avancer aussi silencieusement qu'un loup. La lumière qui inonde faiblement le couloir provient d'une fenêtre dans la porte. Je me baisse quand je passe devant et cours jusqu'au bout du couloir. Il se termine par une porte séparatrice. J'essaie la poignée. *Verrouillée.*

À tâtons, je sors les outils et les insère dans la serrure.

Tu peux y arriver. J'imagine que la grande main de Garrett se referme sur la mienne pour me guider.

Clic. Le premier goupillon est baissé. Je le maintiens en place et appuie sur le deuxième, puis le troisième. La porte s'ouvre. Des cages métalliques sont alignées les unes à côté des autres. La plupart sont vides, mais quatre sont occupées par de gigantesques loups.

Je suis accueillie par des grondements. Je me glisse rapidement à l'intérieur de la pièce et referme la porte derrière moi, en enjoignant mon cœur à se calmer. Je suis dans l'antre du loup. Tout mon bon sens me crie de tourner les talons et de prendre mes jambes à mon cou pour fuir les rugissements des bêtes sauvages enfermées dans cette pièce sombre. L'entrepôt doit être insonorisé, parce que je n'ai rien entendu de l'extérieur.

Des yeux luisent dans le noir, et des mâchoires claquent dans ma direction lorsque j'avance. Lequel est Garrett ? Je cherche le gros loup argenté de ma vision. Je ne vois aucun loup blanc, ce qui signifie que Sedona n'est pas ici. Je m'approche d'un loup gris dans une cage, puis hésite. Ses yeux sont jaunes. Les yeux du loup de Garrett sont argentés.

Je fais volte-face en entendant un terrible grondement à ma gauche. Un gros loup argenté se jette contre les barreaux de sa cage et fait claquer ses mâchoires.

« G-Garrett ? »

Le loup saute contre la cage, projette violemment son épaule contre le métal. Ses yeux sont argentés. Je recule pour éviter les crocs luisants qui apparaissent sous ses babines retroussées. Ça ne peut pas être Garrett : il n'essaierait pas de m'attaquer. Pourtant, je reconnais ces yeux. Je sais que c'est lui.

J'essaie de réfléchir de manière rationnelle, mais je n'arrive pas à m'approcher. Cet animal terrifiant en train de s'énerver contre les barreaux ne porte aucune trace d'humanité en lui.

« Garrett ? » je tente à nouveau.

Un croassement rauque me répond, à quelques cages de là : « C'est lui. Il pète un câble parce que tu es en danger. » J'identifie la voix. Un peu plus loin, un humain nu est recroquevillé dans une cage. Jared.

« Je peux le laisser sortir sans risque ? » Un frisson me parcourt l'échine lorsque Garrett émet un nouveau grondement menaçant.

« Je ne sais pas. » Le visage de Jared est soudain déformé par la douleur. Il rejette sa tête en arrière, et sa forme humaine est avalée par une explosion de fourrure. Un instant plus tard, un loup se tient devant moi.

Garrett pousse un mi-grondement, mi-rugissement, et le

loup de Jared geint en rentrant sa queue entre ses jambes. Mes bras se couvrent de chair de poule.

Je rassemble mon courage et m'accroupis de manière que ma tête soit plus basse que celle du loup de Garrett. « Coucou. C'est moi, Amber. »

Mes mains tremblent en s'approchant du verrou. Il est tout près, et me dévisage à travers les barreaux en grondant.

« Tu veux bien reculer un peu ? Tu me fais peur. »

Il projette à nouveau son épaule contre la cage.

« J'ai besoin que tu te calmes, sinon je n'arriverai pas à me concentrer. On doit sortir d'ici pour retrouver Sedona, tu te souviens ? »

Il rugit, et je m'aplatis contre le sol. Je n'aurais peut-être pas dû lui parler de sa sœur. Le loup de Garrett fait des aller-retours dans la cage, en s'arrêtant parfois pour mordre les barreaux métalliques avant de pousser un cri de douleur.

Je résiste à l'envie de me rouler en boule et de cacher mon visage sous mon T-shirt, comme un enfant cherchant à échapper à un monstre. À tout moment, les ravisseurs de Garrett peuvent ouvrir la porte et me découvrir ici. Si ça arrive, je me retrouverai moi aussi dans une cage. Si j'ai de la chance.

« On doit sortir d'ici. Laisse-moi t'aider », je supplie, en prenant soin de ne pas le regarder dans les yeux. Le loup de Garrett halète. Il refuse de reculer lorsque je m'approche à nouveau, les outils à la main. Les poils de ma nuque se dressent sous son regard tandis que je remue les outils dans la serrure.

Dès que j'ouvre la porte de la cage, Garrett bondit dehors. Je tombe à la renverse. Il saute par-dessus ma tête, si rapide que ses mouvements sont déformés par la vitesse, et que je manque de faire pipi dans ma culotte. Le loup gigantesque me renifle de haut en bas. Je ferme les yeux, étouffe un gémissement. Son soupir satisfait plaque mes cheveux en arrière et, lorsque j'ouvre les yeux, il n'est plus au-dessus de moi. J'imagine qu'il a décidé de ne pas me manger. Il marche à grandes enjambées vers le couloir et s'arrête à la porte en grondant doucement.

« D'accord, un instant. » Je cours vers la cage de Jared pour déverrouiller la serrure. Le loup gris est plus petit que Garrett, mais il reste effrayant. Un seul coup de ces mâchoires puissantes, et je perdrai un membre.

Une fois libéré, il referme la gueule sur la lanière de mon sac et me tire vers une troisième cage.

« Trey ? » Le loup gris et brun lèche mes doigts à travers les barreaux pendant que je crochète la serrure.

Garrett est toujours devant la porte. Il pousse un nouveau grondement, et je cours lui ouvrir. Avec un rugissement de fureur, il fonce dans le couloir vers le bureau, Trey sur ses talons.

« *Señorita* », appelle une voix depuis une cage. « *Sueltame y te ayudaré.* » La cage du loup aux yeux jaunes contient à présent un homme nu, avec des yeux noirs tout aussi intimidants que ceux de son loup.

Jared tire sur la lanière de mon sac, mais je résiste.

« Il dit qu'il nous aidera si je le libère », j'explique. Jared s'immobilise, comme s'il réfléchissait à la proposition. Il penche la tête sur le côté.

« Je pense qu'on peut lui faire confiance. » Cette fois, mon intuition se présente sous la forme d'une sensation de chaleur dans le creux de mon ventre.

Des coups de feu sont tirés dans le couloir. Je hurle et m'aplatis par terre. Jared se place entre l'entrée et moi, et il reprend forme humaine avec un grognement de douleur.

Je tends la main vers lui, mais ne le touche pas. Ses muscles ondulent sous ses tatouages. Il se redresse, et je garde mes yeux sur son visage, mais pas avant d'avoir remarqué les muscles secs sous sa peau bronzée.

De nouveaux coups de feu résonnent dans le couloir.

« On doit les aider ! » Je me mets à courir, mais Jared me retient avant que je puisse faire trois pas.

« Hors de question, Maître. Garrett me tuerait si je te laissais sans protection.

— Il faut faire quelque chose.

— J'aide, propose à nouveau l'étrange loup.

— Donne-moi tes outils », demande Jared en tendant la main. Il se dirige vers la cage, et lève la main quand j'essaie de le suivre. « Amber, reste en arrière. »

Mais pourquoi tous ces loups métamorphes pensent-ils qu'ils peuvent me donner des ordres ? Dès qu'on sera sortis d'ici, je leur rappellerai que c'est moi qui ai sauvé leurs derrières poilus.

Je tressaille en entendant une nouvelle détonation.

Bon, d'accord, c'est peut-être un effort de groupe.

« Vite », je presse Jared. Il s'approche de la cage les mains levées, comme pour signifier qu'il n'est pas armé. Avec de lents mouvements précautionneux, il commence à crocheter la serrure. L'étranger recule au fond de la cage. Je remarque que les deux hommes évitent de se regarder dans les yeux.

Que le procès-verbal reflète : *les loups aiment les jeux de pouvoir.* Parce que c'est manifestement ce qui se passe ici. Même moi, la petite humaine, je peux le sentir.

Un grondement érupte dans le couloir. Au même instant, Jared débloque la serrure. Il recule vivement lorsque la porte de la cage s'ouvre.

Je me tourne pour voir ce qui fait ce bruit dans le couloir. Le loup de Garrett entre lentement dans la pièce, l'air dix fois plus gros que tout à l'heure, le regard étincelant

comme celui d'un démon. Il avance, lève la truffe pour renifler l'air, puis saute par-dessus moi et atterrit devant Jared et
l'étranger. Quelque chose goutte sur le sol. Un liquide
sombre s'écoule de la gueule et du flanc du loup.

Du sang.

Le loup de Garrett rugit. Jared se recroqueville, et le loup
mexicain tombe sur le flanc pour lui présenter son ventre.

« Non ! je crie en courant vers eux comme une démente.
Ne leur fais pas de mal.

— Chef. » Trey entre, sous sa forme humaine, nu et
couvert de sang. « Du calme. »

La puissance de Garrett déferle à travers la pièce, me
faisant tomber à genoux. Jared et Trey se collent contre le
sol. Le loup étranger saute dans la cage et roule sur le dos
avec un geignement soumis. Ses yeux terrifiés roulent dans
leurs orbites.

« Garrett, reviens-moi. » Je relève difficilement la tête. Je
ne sais pas exactement comment il projette sa puissance
d'alpha, mais elle m'affecte ; cependant, je peux lutter
contre elle. Je me remets debout et, chancelante, m'approche du gros loup argenté en lui présentant mes paumes
ouvertes. « S'il te plaît. J'ai besoin de toi. »

Un autre rugissement, et Garrett commence à muter. Il
reprend forme humaine, la tête basse, son visage déformé
par une grimace. Sa poitrine se soulève rapidement, comme
s'il venait de faire un entraînement intense. Ses muscles
sont luisants, couverts de rouge, et ses yeux ont toujours
leur éclat argenté. J'inspecte son torse pour essayer de
discerner si le sang est le sien, et pousse un cri quand je
découvre une blessure par balle.

Il secoue dédaigneusement la tête. « C'est rien. »

Jared et Trey se lèvent lentement et se placent entre leur
alpha et le loup inconnu dans la cage, qui continue de

geindre d'un air soumis. Je remarque qu'ils ont eux aussi une patte de loup tatouée sur l'épaule, comme Garrett. Ça doit être le symbole de leur meute.

« Garrett », dis-je, un peu hors d'haleine. Il a peut-être retrouvé forme humaine, mais c'est toujours le prédateur qui tient les rênes. « Que s'est-il passé ? » je demande, et au même moment, Jared dit : « Les hommes de main...

— Morts, nous répond Trey. Ils sont tous morts. »

Garrett essuie sa bouche ensanglantée et serre les poings.

Je détourne les yeux pour ne pas penser à ce que Garrett a fait. Ces hommes étaient des criminels ; ils le méritaient. Mais ça fait quand même beaucoup pour notre deuxième rencard.

« Tu as trouvé quelque chose sur... ? demande Jared.

— Non. » Avec un rugissement, Garrett soulève la cage la plus proche et l'envoie se fracasser contre une autre. « J'ai perdu le contrôle », ajoute-t-il avec amertume. J'aimerais le réconforter, mais je ne sais pas comment faire.

Il arpente la longueur de la pièce, se retourne et fait le chemin inverse, sans cesser de passer furieusement ses doigts dans sa chevelure. « Il ne reste personne à interroger, maintenant », gronde-t-il. Sa voix est à peine humaine.

« Et lui ? » Je fais un signe de tête vers le loup étranger. Il sort timidement de la cage. La tête basse, il gémit, comme pour demander la permission.

« Mute », grommelle Garrett.

L'air vibre autour du loup, et il reprend forme humaine. Je garde mes yeux au-dessus de sa ceinture. Ses côtes sont visibles sous sa peau brune, et ses yeux sont encadrés de cernes sombres. Ses cheveux longs retombent devant ses yeux. Je me demande depuis combien de temps il était prisonnier.

Garrett décrit lentement un cercle autour de lui. Je fais un pas en avant pour m'interposer. Il gronde, me soulève en passant un bras autour de ma taille et me repose derrière lui. Trey et Jared viennent se placer de chaque côté de leur alpha, créant un mur protecteur entre l'inconnu et moi.

Je m'éclaircis la gorge. « Est-ce que l'un d'entre vous parle espagnol ?

— Tu peux traduire d'ici », lâche Garrett.

Je lève les yeux au ciel. « Señor, vous avez vu un loup blanc ? Une petite femelle ? » je demande en espagnol, en haussant la voix pour être entendue malgré la barrière d'hommes-loups.

« *La Americana ? Si* », répond-il.

J'essaie de contourner Jared pour mieux voir l'homme, mais il tend le bras pour me faire rester en arrière.

« *Ne la touche pas* », gronde Garrett d'un ton meurtrier.

Jared baisse le bras. « Je ne la touche pas, chef.

— Où est-elle ? Savez-vous où ils l'ont emmenée ? je demande, toujours en espagnol.

— Ils l'ont vendue aux Montelobo. Dans la jungle. »

Je traduis sa réponse. « Où ça dans la jungle ? je demande vivement. Vous le savez ?

— Monte Lobo. »

Oh. Évidemment, les Montelobo vivent à Monte Lobo. C'est presque trop facile. Je sors le téléphone de Garrett de mon sac et le tends à Trey. « Monte Lobo, dans la jungle. Demande à Kylie de se renseigner. »

Après avoir échangé un regard rapide avec son alpha, il prend le téléphone et sort de la pièce. Jared l'accompagne.

« Pouvez-vous nous dire quoi que ce soit d'autre ? » je demande à l'étranger, avant de répéter la question en anglais pour Garrett.

Il secoue la tête. « Demande-lui quelle taille fait la meute, si elle est puissante. »

Je traduis la question à l'inconnu.

« Plus d'une centaine de loups, répond-il. Ils savent se défendre.

— *Gracias, señor.*

— *A ustedes.* » Il s'incline respectueusement et recule.

Jared revient, vêtu d'un treillis qu'il a dû trouver dans l'entrepôt. Il lance des habits à Garrett et au loup étranger, qui plissent tous deux le nez mais les enfilent rapidement. « J'ai trouvé les clés du camion garé dehors. Trey n'a pas encore réussi à joindre Kylie, mais on ferait mieux de se barrer.

— Vous serez en sécurité si nous vous laissons ici ? » je demande au loup en espagnol.

Il hoche la tête, et m'explique qu'il vient d'un petit village côtier où vit une meute puissante.

« D'accord. *Gracias.* » Après l'avoir remercié, nous nous tournons vers le couloir.

« Ferme les yeux », murmure Jared.

Avant que je ne comprenne ce qu'il veut dire, une grande main tiède se pose sur mes paupières et un bras entoure ma taille. À la réaction de mon corps, je sais que c'est Garrett. Il n'est pas délicat, plutôt fort et ferme. Mes pieds sont soulevés du sol. J'essaie de ne pas faire attention à l'odeur métallique du sang pendant que Garrett me porte à travers le couloir. Ni à ce que je ne vois pas.

Concentre-toi sur Sedona.

Une fois dehors, il me repose sur mes pieds, et je prends de grandes goulées d'air.

Garrett me fait tourner entre ses bras et plonge son regard argenté dans le mien. « Tu es blessée ? Putain, dis-moi que tu n'as rien, sinon j'y retourne et je bute ces types une deuxième fois. »

Cette violence devrait me terrifier, mais il n'en est rien. Il le fait pour moi. Toute cette passion est pour moi. « Je n'ai rien », je murmure.

Il me serre contre lui avec brusquerie, m'écrase contre son corps musclé si fort que je n'arrive plus à respirer.

« Doucement, alpha », dis-je d'une voix étouffée.

Il me lâche abruptement et s'éloigne, comme s'il avait peur de rester près de moi.

Trey approche en trottinant, le téléphone à la main. « Je n'ai pas assez de réseau pour appeler Kylie. Retournons à l'hôtel et faisons les recherches nous-mêmes. »

Garrett acquiesce sombrement. « Je dois appeler mon père. On a besoin de renforts pour aller à Monte Lobo.

— C'est déjà fait », je lui avoue, avant de grimacer en voyant trois paires d'yeux étincelants se braquer sur moi. « Je n'étais pas sûre d'arriver à vous libérer de l'entrepôt, et je ne voulais pas... » Le grondement rauque qui fait vibrer le torse de Garrett me prévient que je suis encore une fois en train de contrarier son loup. « Ton père est en route. »

CHAPITRE NEUF

Garrett

Je n'arrive pas à parler pendant tout le trajet jusqu'à l'hôtel. J'ai tout le mal du monde à garder forme humaine. Je n'ai jamais été autant à cran, si proche de craquer. Non, rectification : j'ai déjà craqué. J'ai massacré tout le monde dans l'entrepôt, alors que la situation nécessitait de la finesse. Sans la piste que nous a donné le loup dans la cage, nous ne serions pas plus avancés pour retrouver Sedona. Par ma faute.

Toute la soirée a été un enchaînement d'emmerdes. Nous sommes allés reconnaître le terrain à l'usine textile. Comme la plupart des immeubles à Mexico, les murs en béton ne comportaient pas de fenêtres, ne laissant aucun moyen de voir à l'intérieur. J'ai envoyé Trey et Jared faire le tour du bâtiment pendant que je faisais la même chose dans l'autre sens.

Lorsque j'ai tourné au coin de l'immeuble, un mec tenait le cou de Trey en clé, une arme pointée sur sa tête. « *Manos arriba* », a gueulé cet enfoiré.

Je n'avais pas besoin de comprendre l'espagnol pour

savoir ce qu'il voulait. Je n'ai eu d'autre choix que de lever les mains en l'air et me laisser enfermer dans une des foutues cages alignées dans l'entrepôt. Un loup peut survivre à un coup de feu, mais pas dans la tête.

À ma connaissance, la seule métamorphe qui a réchappé d'une balle dans le crâne est une panthère du troisième âge vivant à Tucson, mais elle a eu énormément de chance que la balle n'ait touché aucun organe vital. Je ne voulais pas risquer la vie de Trey.

Dès que je me suis retrouvé dans la cage, j'ai muté en déchirant mes vêtements. La salle puait le loup, mais je suis presque sûr d'avoir reconnu l'odeur de Sedona mêlée aux autres. J'ai essayé de défoncer ma prison en me jetant dessus, mais ce n'étaient pas des cages ordinaires : elles étaient en acier renforcé. Ces types savaient ce qu'ils faisaient. Si Amber n'était pas arrivée...

Je gronde depuis la banquette arrière dans le camion, et Amber tourne ses adorables yeux bleus vers moi. Je ne sais pas pourquoi elle n'est pas effrayée quand je suis dans cet état. Putain, elle ferait mieux de l'être.

À l'idée qu'Amber était dans l'entrepôt, qu'elle s'est mise en danger pour nous, mon loup est prêt à se libérer et à continuer son hécatombe.

J'ai envie de l'allonger sur mon genou et de fesser son joli cul jusqu'à ce qu'il soit rouge pour la punir, mais il vaut mieux que je ne la touche pas pour le moment. Je n'ai pas peur de lui faire mal ; en tout cas, pas comme ça. Mais je suis à deux doigts de la marquer. Entre la pleine lune et mon loup qui veut la marquer de mon odeur pour toujours, garder la tête froide avec elle me demande tant d'efforts que j'en tremble.

Je vais directement sous la douche dès que nous arrivons à l'hôtel. J'arriverai peut-être à me calmer un peu si je me débarrasse de l'odeur du sang. J'en doute, mais ça vaut la peine d'essayer.

Je retire le pantalon trop petit et entre sous le jet d'eau. Je pince ma chair au niveau de ma blessure pour extraire la balle, que mon corps a déjà presque renvoyée à la surface.

Je me rappelle comment ma petite avocate a blêmi en découvrant la blessure, la terreur qui a marqué son visage. Bon sang, je n'ai rien fait pour mériter qu'elle s'inquiète pour moi. Mais à partir de maintenant, je compte bien tout faire pour en être digne. Je *dois* mieux la protéger. Par le ciel, elle aurait pu se faire emprisonner, elle aussi, et nous serions tous enfermés en ce moment. Ou pire.

Je devrais la remercier, mais je suis juste en colère. Fou de rage qu'elle se soit mise en danger pour me sauver. Un grondement résonne dans ma gorge.

Je ferme le robinet d'eau chaude et reste sous l'eau glacée. Elle ne rafraîchit en rien ma peau brûlante, et ne mate pas le loup.

Marque-la marque-la marque-la.

Je brûle de plonger mes crocs dans la chair tendre d'Amber. De la faire mienne pour toujours. Je brûle de plonger ma queue dans son petit corps parfait, de savoir ce que ça fait de bouger en elle. Je parie qu'elle est super étroite. Un vrai paradis. Je pourrais peut-être réussir à coucher avec elle sans la marquer.

Je n'arrive pas à déterminer si c'est mon loup ou mon propre esprit qui essaie de me persuader de tenter l'impossible. J'ai si désespérément envie d'elle que mes canines s'allongent, enduites de sérum, prêtes à la marquer. Je me mords la lèvre jusqu'au sang.

Ma petite avocate coriace est toute douce et moelleuse à l'intérieur. Un cœur immense aussi doux qu'un duvet de plumes. Je donnerais n'importe quoi pour pouvoir dire qu'elle est à moi. Que ressentirais-je en la pénétrant, allongé sur elle ? Je meurs d'envie de la voir lever ses grands yeux bleus confiants vers moi pendant que son petit corps est soumis à mes caresses. *Putaaaain.*

Je coupe l'eau et enroule une serviette autour de ma taille. Ma blessure a déjà cessé de saigner et commence à se refermer.

Nous avons loué une suite composée d'une chambre avec deux lits et d'un salon. Trey et Jared sont dans le salon, et j'ai envie de hurler parce qu'Amber est avec eux. Ce qui est complètement débile ; ils seraient effectivement prêts à mourir pour elle, mais c'est seulement parce qu'ils savent qu'elle est à moi. Et mes hommes sont fiables. Ils ne se permettraient jamais de toucher à ce qui m'appartient.

Pourtant, j'enfonce mon poing dans la commode. J'ai envie de réduire la chambre en miettes.

J'ignore comment je vais survivre à une nuit dans la même chambre d'hôtel qu'Amber.

~.~

Amber

Des bruits proviennent de la chambre. On dirait que Garrett jette des choses dans la pièce. Je ressens son agitation à travers le mur. Des vagues de culpabilité, de colère et de frustration émanent de lui. Ai-je toujours su exactement ce que les gens ressentaient, ou est-ce juste avec lui ?

Trey regarde en direction de la chambre, puis échange un regard inquiet avec Jared. Nous sommes assis autour de la petite table. Ils ont terminé ma *torta* en trois secondes chrono et ont téléphoné au service en chambre pour qu'on leur apporte d'autres plats. « Je ne l'ai jamais vu dans cet état, si proche de perdre le contrôle, marmonne Trey.

— Je sais.

— Qu'est-ce qu'il a ? » je demande.

Jared tripote un paquet d'allumettes sur la table, le fait tourner entre ses doigts. « C'est la pleine lune. Sa sœur a disparu. Et tu es là.

— Quel rapport avec moi ?

— Il a eu peur pour toi dans l'entrepôt. Je crois qu'il n'a pas encore réussi à se calmer. Tu es vraiment importante pour lui, Amber. » La boîte d'allumettes s'immobilise dans sa main, puis il recommence à la faire tourner.

Mon cœur fait un bond dans ma poitrine et retombe lourdement au fond de mes talons. « Mais les loups ne peuvent pas être en couple avec les humains.

— C'est un problème, c'est vrai. Mais son loup s'en fiche. Il a jeté son dévolu sur toi. Une fois qu'un loup a fait son choix, c'est pour de bon. Il doit marquer sa compagne, sinon...

— Sinon ?

— Sinon le loup risque de devenir fou. On appelle ça le mal de lune, explique Trey en faisant tourner son piercing à la lèvre avec la pointe de sa langue.

— C'est quoi, le mal de lune ?

— Le loup prend le dessus, et il n'est plus possible de reprendre forme humaine. Tu perds progressivement ton humanité. Ça n'arrive pas à tous les loups.

— Seulement aux plus dominants », ajoute Jared.

Je déglutis. J'ai du mal à imaginer un loup plus dominant que Garrett. Mais il ne veut pas me marquer. Il m'a déjà dit que ça ne pouvait pas marcher entre nous. « Est-ce que des loups s'unissent parfois avec des humains ?

— Parfois, répond Jared en haussant les épaules. Mais c'est une pratique réprouvée par la plupart des meutes. Et le mâle alpha doit s'unir à une femelle alpha. »

Je comprends ce qu'il ne dit pas. *Pas à une avorton d'humaine.*

« Ça ne plairait pas au père de Garrett. » Trey prend la boîte d'allumettes des mains de Jared, l'ouvre en la tapant contre la table et en sort une.

Génial. J'ai déjà fait mauvaise impression.

« Mais de nombreux métamorphes pensent qu'un loup n'a qu'une seule compagne, et qu'il la reconnaît dès qu'il la rencontre. Sa présence l'excite mais le calme à la fois. » Il gratte l'allumette contre la boîte et lance la petite flamme vers Jared, qui pousse un cri et l'évite avec un sourire. « Tu as cet effet sur lui. »

Amber Drake, extralucide. Dompteuse de loups métamorphes. Après tout, je me reconvertirai peut-être.

Un bruit sourd se fait entendre dans la chambre, comme si Garrett venait de donner un coup de poing dans le mur. *Heureusement que ce n'est pas moi qui paie.* S'il est en colère à cause de moi, c'est à moi de le calmer. J'ouvre la porte, entre dans la chambre et referme derrière moi. Je devrais avoir peur, mais ce n'est pas le cas. « Hé. Tu es fâché contre moi ?

— Non », grogne-t-il en tournant pour me regarder. Je ressens sa souffrance.

« Tu es mal parce que j'étais en danger ? Et si on en parlait ? »

Il s'approche, son regard argenté étincelant, me soulève par la taille et me plaque contre le mur, mes yeux à hauteur des siens. « Putain, bébé, tu m'as fichu la trouille de ma vie. Tu aurais pu être capturée. Blessée. Tuée, gronde-t-il. Tu crois que je pourrais continuer à vivre s'il t'arrivait quelque chose ? »

Une boule s'est formée dans ma gorge, et je n'arrive plus à parler. Quelqu'un s'est-il déjà autant inquiété pour moi ?

« Je ne pourrais pas. Je n'y survivrais pas.

— Garrett. » L'étendue de son angoisse me stupéfie, et crée une petite fissure dans l'armure solide qui entoure mon cœur depuis aussi loin que je me souvienne. Quelqu'un tient à moi.

« Je devrais faire rougir tes petites fesses. » Il me repose par terre et effleure ma joue. Sa caresse est beaucoup plus douce que je ne m'y attendais. Il appuie son front contre le mien. « Ne te mets *plus jamais* en danger pour moi. Je suis un métamorphe – je guéris presque instantanément. Tu es *humaine.* »

Ouais, merci, j'avais compris.

« Tu aurais pu te faire tirer dessus ou égorger, continue-t-il. Et s'ils t'avaient gardée comme reproductrice ?

— Mais je ne suis pas une louve.

— Ne me contredis pas. » Il me serre gauchement contre lui en entourant ma taille de ses bras immenses. Il pose ses lèvres dans mon cou. « Tu es *à moi*, bordel. Je refuse qu'il t'arrive quoi que ce soit. Est-ce que tu comprends ?

— Je comprends », je murmure, tandis que les mots *tu es à moi* s'entrechoquent dans ma tête, causant un court-circuit dans mon cerveau. Pour quelqu'un qui n'a jamais eu l'impression de trouver sa place, rien ne pourrait sonner plus doux. Et, sans pouvoir l'expliquer, je sais que je suis à ma place auprès de Garrett. Même si je suis humaine et qu'il est un loup. Même si nous n'avons rien en commun, je suis à lui, et il est à moi. Une simple équation, sans aucun lien avec la logique. Seulement avec l'amour.

Mais il m'a dit hier soir qu'il ne pouvait pas être avec moi.

Il pose une main sur mon derrière et serre ma fesse dans sa paume. « Je me réserve le droit de punir ce cul alléchant plus tard. » Sa voix est profonde et rocailleuse.

Je laisse échapper un petit rire. « Désolée, il n'y aura pas de nouveau procès. »

Il lèche mon lobe d'oreille. « Alors, je vais devoir m'en occuper maintenant. » Il me fait tourner face au mur. « Les mains sur le mur. » Son ordre prononcé d'une voix rauque est pure séduction. Il fait lentement glisser ses mains le long de mes bras, serre mes poignets, les lève et les pose contre le mur frais. « Ne bouge pas, sinon, je double ta punition. »

Je secoue mes fesses ; sa menace ne fait que m'exciter. Cet homme – ce loup – a envie de moi. A besoin de moi, même. Je ne me suis jamais sentie aussi désirable.

Il déboutonne mon jean, en écarte les pans puis passe ses pouces sous ma culotte. Il baisse le tout sur mes hanches, puis jusqu'à mes chevilles.

« Quelle est ma punition ? » je murmure d'une voix étranglée en faisant un pas de côté pour sortir de mes vêtements.

Il assène une claque sonore sur mes fesses. « Ça. » Il caresse mon cul, le malaxe. Une autre claque. « J'ai envie de toi », dit-il d'un ton bourru en détachant mon chignon. Ma chevelure tombe sur mes épaules. Il glisse ses doigts sous mon T-shirt et remonte jusqu'à ma poitrine. D'une chique-naude, il dégrafe l'ouverture avant de mon soutien-gorge et prends mes seins gonflés entre ses paumes.

« Putain, Amber, tu es sublime. J'ai envie de toi depuis que tu m'as pris de haut dans l'ascenseur. Je ne sais pas comment j'ai réussi à me retenir de te baiser sur place. » Sa voix est lourde de désir.

« Qu'est-ce que tu attends ? » j'ose demander.

Il prend une brusque goulée d'air, et je me mordille la lèvre. En une seconde, mon T-shirt et mon soutien-gorge volent par-dessus ma tête. « Remets tes mains en l'air. » Il plaque mes poignets contre le mur d'une main et assène une claque sur mes fesses de l'autre.

Ma chatte se contracte, l'excitation court dans mes veines. « Je prends la pilule », je murmure.

Un grondement inhumain remplit la pièce. « Pourquoi ? » rugit-il.

J'essaie de me retourner, mais il garde sa main fermée autour de mes poignets. « Pour les crampes menstruelles. Bon Dieu, Garrett. »

Je le sens se détendre derrière moi. « Putain, heureusement. Ne me parle jamais d'un autre mec, à moins que tu ne veuilles que je lui arrache la tête.

— Tu en fais trop, Garrett. » Ma voix tremble, mais au fond, je suis ravie de sa possessivité. De sa jalousie. J'ai envie de lui appartenir, d'être entièrement à lui.

Ses mains remontent dans mon dos, et il se penche pour pincer mes mamelons entre ses doigts. « J'ai besoin de toi, bébé. » Ses dents effleurent mon épaule. « Putain, j'ai tellement besoin de toi. »

J'essaie à nouveau de décoller mes mains du mur pour me retourner et aller plus loin, mais c'est lui qui a le contrôle, clairement. Il pose une main ferme sur les miennes pour les maintenir en place. Un grondement désapprobateur vibre près de mon oreille.

Sa main libre glisse sur mon ventre en émoi et se pose sur mon pubis.

Je suis déjà trempée pour lui, mes jambes flageolent.

Il passe un doigt le long de ma fente, glisse dans mes fluides. « Parle-moi de cette chatte, Maître, grogne-t-il à voix basse. Je lui ai manqué ?

— O-oui.

— Dis-moi que je suis le seul à la faire mouiller. » Il tapote mon clitoris.

« C'est toi, je murmure. Je veux dire, tu es le seul. »

— J'adorerais la goûter encore, mais j'ai du mal à me calmer. Je te promets de te faire le cunni de ta vie dès que cette foutue pleine lune sera passée. »

Je réalise qu'il halète, comme s'il était en train de courir. Comme si toutes ses forces étaient mobilisées pour ne pas m'attaquer.

Je ne veux pas qu'il se retienne. Aussi désespérément que lui, j'ai envie qu'il continue.

« Prends-moi, Garrett. » Je cambre les fesses dans l'espoir de le tenter.

« Putain. » J'entends un froissement lorsque son jean tombe par terre. « Je ne suis pas sûr d'y arriver, chérie. Je ne veux pas te faire mal.

— Tu ne me feras pas mal », je promets. Je n'aurais jamais pensé aimer le sexe brutal, mais à cet instant, je donnerais n'importe quoi pour une bonne baise violente. Amber l'avocate est consternée.

Garrett pousse un grondement et frotte son gland contre mon sexe, glissant dans mes sécrétions.

« Oui, je souffle. Prends-moi. »

Sa respiration s'affole. Il agrippe ma taille et me pénètre, m'emplit, m'étire avec son énorme queue.

Ma chatte se contracte autour de son sexe avec une intensité qui me coupe le souffle. Mes yeux roulent dans leurs orbites. « Continue, te veux en moi. »

Il cesse de respirer une seconde, puis son haleine chaude retombe sur mon oreille lorsqu'il continue d'entrer en moi, de me remplir. Il écrase mon sein dans sa main et commence ses va-et-vient, ses hanches viennent cogner contre mes fesses.

Je me sens toute légère. Je n'ai jamais ressenti un tel plaisir. Une bite de loup, en effet. Ouais, c'est vraiment mieux. Il me lime, son gland vient frapper contre mon utérus. C'est incroyable. Miraculeux, même.

Je réalise qu'en vingt-six ans, je n'avais jamais été baisée correctement. On ne m'a jamais prise par derrière. Je ne l'ai jamais fait debout. Je n'ai jamais fait l'amour alors que les empreintes rouges des mains de mon amant brûlent sur mes fesses.

Ouais. Garrett représente un défilé de premières fois pour moi, et celle-là est sur le point de me retourner le cerveau. Et j'ai le pressentiment que ce n'est qu'un avant-goût. La partie émergée de l'iceberg de ce que peut être le sexe avec Garrett.

Ses doigts resserrent leur prise sur mes hanches. « Oh, bon sang, grogne-t-il en redoublant la vigueur de ses coups de reins. Putain, Amber, je ne peux pas… » Un grondement inhumain interrompt sa phrase, et il se retire. Je pousse un petit cri et regarde par-dessus mon épaule. Il trébuche en arrière, son regard argenté étincelant, ses crocs sortis.

Ses crocs ? Il a toujours forme humaine. Bon sang, pourquoi a-t-il des crocs ?

Il s'ébroue comme un chien mouillé. « Amber. » Sa voix est si gutturale que je le comprends à peine. « Prends tes vêtements et sors.

— Quoi ? Non. »

Les veines de son cou ressortent. Ses muscles ondulent, tendus à l'extrême. « *Maintenant*, Amber. » La tristesse doit se lire sur mon visage, parce qu'il semble soudain abattu. « Je suis désolé, marmonne-t-il. Je suis navré, Amber. Mais il faut que tu sortes. Pour ton propre bien. *S'il te plaît*. Sors. » Il se précipite dans la salle de bains et s'y enferme.

Sous le choc, je ramasse mes vêtements et me rhabille avec des mains tremblantes. Que le procès-verbal reflète : *je n'ai pas la moindre idée de ce qui vient de se passer.*

Je n'ai pas envie de le laisser, mais je dois respecter le souhait de Garrett ; j'ouvre la porte de la chambre et sors.

Trey est toujours assis à la table, en train de manger les plats qui ont été livrés. Il me jette un coup d'œil quand je sors, et se fige. « Est-ce que ça va ? »

Merde. Mes joues sont baignées de larmes.

Il se lève et ouvre les bras. « Viens ici. »

Je tombe dans ses bras et il m'étreint en me frottant le dos.

« Est-ce que ça va ? » répète-t-il.

Je ne veux pas lui en parler. Mais je ne voulais pas non plus qu'il me voie pleurer. « Ses crocs se sont allongés et ses yeux ont changé de couleur, dis-je entre deux sanglots. Il m'a dit de sortir. »

Trey échange un regard avec Jared.

« Merde, grommelle Jared.

— Quoi ? »

Trey pousse un soupir. « Il veut te marquer, Amber. Tu sais ce que ça signifie ? »

Je secoue la tête. Aucune idée.

« C'est comme ça qu'un loup s'unit à sa compagne : le mâle mord la femelle pour la marquer de son odeur de manière permanente. Nous sommes très territoriaux. Une fois marquée, vous êtes unis pour la vie. Mais il ne peut pas te marquer parce que tu es humaine. Au mieux, tu aurais une vilaine cicatrice. Au pire, ça pourrait te tuer. Il n'arrive pas à se contrôler, tout de suite, alors il essaie de te protéger. »

Une vision vacille devant mes yeux : *je me tiens devant un miroir, je soulève ma chevelure pour examiner une cicatrice au bas de mon cou.*

La porte de la chambre s'ouvre en claquant. Garrett

apparaît dans l'encadrement de la porte, sourcils froncés au-dessus de son regard argenté.

Trey me repousse et lève les mains. « Je ne la touchais p–
»

Un flash de mouvement, un grondement, et Garrett se jette sur Trey. Ils roulent par terre.

« Un peu d'aide », hoquète Trey. Il ne cherche pas à se défendre, mais essaie de s'éloigner le plus vite possible.

Garrett plaque Trey au sol et appuie son avant-bras sur sa gorge.

« Garrett, arrête ! »

Il tourne son regard scintillant dans ma direction, et fond sur moi. Il m'attrape par la taille et m'attire au-dessus de lui. Ses mains sont brûlantes comme des tisons ; la chaleur se répand sur ma peau partout où il me touche. Il soulève mon T-shirt comme s'il comptait me l'arracher. Ses crocs sortis reluisent.

Il est plus animal qu'humain à cet instant, et en voyant l'attitude inquiète de ses amis, je dois admettre que je suis effrayée.

Je pousse un cri. Jared me tire en arrière pour m'éloigner de Garrett.

Il rugit son mécontentement et se relève pour me poursuivre. Trey lui attrape la taille par derrière avant qu'il ne m'atteigne. Jared se place devant moi, s'unissant à Trey pour me protéger de Garrett. Les deux jeunes loups le repoussent en arrière, le collent contre un mur et pèsent de tout leur poids pour le retenir.

« Va t'enfermer dans la chambre, ma belle », dit Trey.

Garrett se libère de leur poigne en rugissant, mais les deux loups le replaquent contre le mur.

« Pardon ! Je n'aurais pas dû dire *ma belle*. *Amber*, va dans la chambre. Tout de suite », aboie Trey.

Mais je ne peux pas laisser les choses se passer ainsi. Garrett souffre parce qu'il a besoin de moi, et ses amis risquent leurs vies pour me protéger. J'ignore la directive et m'approche de Garrett. Je pose ma main à plat sur son torse musclé. « Je n'ai pas peur de lui. » Je garde mes yeux plongés dans son regard argenté.

Je pourrais jurer voir une étincelle de reconnaissance, un soupçon de bleu dans l'argent.

« Tu devrais, pourtant », grince Jared, qui se sert de toute sa force pour garder Garrett plaqué contre le mur.

Sans lui prêter attention, je cherche le regard de Garrett. « *Marque-moi.* »

Il veut à nouveau se jeter en avant, mais quand ses frères le replaquent contre le mur, il secoue la tête. « Je te tuerais, Maître. Sors d'ici. S'il te plaît.

— Non. J'ai vu comment ça se termine. Je veux que tu me marques. »

Garrett se fige, à part son torse qui se soulève rapidement. « Pardon ? »

Je hoche la tête. « Tu dois me marquer. » Je me tourne vers les deux autres loups. « Libérez-le. »

Ils regardent Garrett, qui me fixe un long moment avant d'acquiescer. Ils lâchent ses épaules, mais semblent prêts à lui sauter dessus au moindre signe qu'il perd le contrôle.

Il me soulève et j'enroule mes jambes autour de sa taille, passe mes bras autour de son cou épais. Il me regarde droit dans les yeux. « Tu es sûre ? »

J'acquiesce. Même si mon cœur bat à tout rompre, j'ai confiance en lui. Il ne me ferait jamais volontairement du mal.

CHAPITRE DIX

Garrett

Même si le loup hurle et griffe pour se libérer, je me concentre pour rester présent avec Amber. « Bébé, tu comprends ce que ça signifie ? » je demande en la portant vers la chambre. Je ne sais même pas comment elle est au courant de cette pratique.

« Oui, murmure-t-elle. Que nous serons ensemble pour la vie.

— C'est ça. Une fois que je t'aurai marquée, je ne te laisserai plus jamais partir – sous aucun prétexte. Je te suivrai jusqu'au bout du monde pour garder ce qui m'appartient. »

Par miracle, cette idée ne paraît pas la déranger. Ma petite avocate indépendante et coriace semble se donner volontairement à moi.

« Tu m'entends ? Tu m'appartiendras. Pour toujours. Mon rôle sera de te protéger et de te chérir. De te donner du plaisir.

— Je veux que tu me marques », répète-t-elle. Apparemment, ma mise en garde ne la décourage pas.

Je referme la porte derrière nous. « Tu comprends ce qui doit se passer ? Je dois te mordre, Amber. Une morsure de loup. Ça fera mal, et tu garderas sans doute une cicatrice. » *Et si je foire, je risque de te tuer.* Par le ciel, je ne veux pas lui faire ça. Elle ne mérite pas un traumatisme pareil.

Elle hoche la tête. « J'ai vu la cicatrice – dans une vision. C'est pour ça que je sais que ça doit arriver. »

Une vision. Le ciel soit loué. Si elle l'a vu, je ne peux pas être en train de commettre une erreur.

Je m'assieds sur une chaise et Amber chevauche mes genoux. Il vaut mieux qu'elle reste sur moi. Je préfère prendre toutes les précautions pour éviter de la mutiler. Je serre ses fesses dans mes mains, et elle se déhanche pour se frotter contre mon sexe gonflé.

Je soulève son T-shirt et dégrafe son soutien-gorge rose pâle. Il est doux et délicat, comme elle. Elle n'est clairement pas pour un type comme moi, mais maintenant qu'elle l'a proposé, je ne peux que la marquer.

Ça affectera ma place au sein de la meute. La prédiction de mon père, que je ne serai jamais capable de rester chef de ma meute, se réalisera. Je n'en ai rien à foutre. Amber est à moi. J'ai besoin d'elle, autant qu'un loup a besoin de courir sous la lune.

Ses seins fermes jaillissent de leur cage de satin. Je me jette sur l'un d'entre eux et prends le mamelon dressé dans ma bouche.

Amber laisse échapper un cri de plaisir qui manque de me faire éjaculer dans mon jean. Je suis déjà à deux doigts de jouir. À un souffle de percer sa peau de mes crocs qui s'allongent. Dès que je la mordrai, je vais partir comme un boulet de canon. Mais je lui dois bien plus. Je ne veux pas que ce moment soit un souvenir douloureux et traumatisant pour elle.

Je m'intéresse à son autre téton, lui donne de petits coups de langue et l'effleure de mes dents.

« Enlève ton T-shirt, murmure-t-elle.

— Hmm ? »

Elle passe un doigt sous mon col. « Enlève ton T-shirt, toi aussi. »

Ivre de désir, je m'en débarrasse en souriant. Elle caresse mes pectoraux et se cambre contre moi, frotte ses seins magnifiques contre ma peau nue.

Un grondement éclate dans ma gorge. Je ne résisterai pas longtemps, je dois la marquer bientôt.

« J'ai besoin d'être en toi, bébé. » Je lèche une ligne allant de son plexus solaire à sa gorge.

Elle s'écarte et retire le reste de ses vêtements. « C'est bien, m'encourage-t-elle.

— Non », je grogne. Ma respiration sort en petits halètements, et je dois consacrer tous mes efforts à ne pas la jeter au sol pour la baiser jusqu'à ce qu'elle se casse en deux. « Je doute que ce soit bien pour toi. Je vais jouir dès que je serai en toi. » Je déboutonne mon jean et libère ma queue.

Je l'assieds dos à moi sur mes genoux et pose la main sur le bourgeon gonflé entre ses cuisses. « Je me rattraperai plus tard, c'est promis. Je me rattraperai pendant le restant de nos jours », je parviens à dire d'une voix étranglée.

Un frisson traverse Amber. Je ne sais pas ce qu'il signifie. Bon sang, j'espère que ce n'était pas un mauvais pressentiment.

Mais sa chatte est mouillée. Je sais qu'elle a envie de moi. Je frotte mon gland le long de sa fente humide. Je tremble comme une feuille sous l'effort de garder le contrôle. Toutes les cellules de mon corps me hurlent de la plaquer au sol et de la prendre brutalement, de la marquer pour toujours avec mes crocs.

Elle bouge pour aligner sa jolie chatte avec mon érection qui pulse, et j'entre en elle d'un coup de reins. Un frisson de satisfaction me traverse. Je suis enfin à ma place.

Rien ne m'a jamais paru si juste. Ma vue se trouble, puis s'aiguise alors que l'animal en moi s'approche soudainement de la surface. Je soulève et fais redescendre Amber le long de ma queue, en priant le ciel pour ne pas être en train de lui faire mal avec mes mains ou mes coups de boutoir.

Mes hanches se soulèvent pour rencontrer les siennes, et je dégringole. Je tombe dans un besoin plus profond, plus sombre.

Ses petits bruits m'encouragent, elle pousse de petits cris dévergondés.

« Amber... Amber... Je veux... J'ai besoin... » Par le ciel, je n'arrive même plus à parler. Je la fais rebondir sur mon sexe raide comme si ma vie en dépendait. Comme si j'allais mourir si je ne la prends pas plus profondément. Plus vite.

Je ferme les yeux, lutte contre le besoin de la marquer. Je l'empale sur ma queue brutalement et rapidement, je possède son corps, le domine complètement alors que je me bats avec mon loup pour garder le contrôle.

« Oui, Garrett !

— À qui appartiens-tu ? » Je suis tellement excité que je divague. Chaque coup de reins dans sa chaleur serrée me fait perdre un peu plus la raison.

« À toi ! S'il te plaît, Garrett, je vais jouir.

— Oh, je vais te faire jouir », je gronde, en espérant que ce sera le cas, parce que la fièvre qui s'est emparée de moi est plus brûlante que la lave. Je me lève et la positionne à quatre pattes comme si elle était une poupée de chiffon. Dans cette position, je peux la limer encore plus fort.

Elle hurle. « Là ! Oh, bon Dieu, juste là. Continue, continue, je t'en priiiiie ! » L'orgasme est sur le point de l'emporter. Dès qu'elle commence à se contracter autour de ma queue, mon loup se libère.

Elle continue d'enserrer mon sexe en jouissant, et mes gestes sont de plus en plus saccadés. Des grondements emplissent la pièce. J'ouvre les yeux, et comprends que ce sont les miens. Le sérum goutte de mes crocs luisants. Je veux tellement la marquer. Tous mes muscles sont bandés, prêts à se détendre d'un coup sec.

Et, tout à coup, j'explose. Ma semence jaillit en elle. Je m'assieds et la plaque contre mes genoux, je tape des pieds, mes rugissements résonnent contre les murs. Si c'était une louve, je lui mordrais la nuque, mais je dois faire très attention. J'écarte ses cheveux blond pâle pour dégager son cou et plonge mes crocs dans la partie charnue de son trapèze, là où je risque moins de lui causer une blessure sérieuse.

Je retiens le torrent d'énergie qui réclame que je referme mes mâchoires, que je m'enfonce plus profondément dans sa peau.

Elle pousse un cri, et la honte me fait fermer les yeux. Malheureusement, mon abrutie de bite ne reçoit pas le message, et je jouis à nouveau en donnant des coups de reins. Fébrile, je sors lentement mes crocs de sa chair et lèche sa plaie. Les anticorps présents dans ma salive devraient accélérer la cicatrisation. « C'est fini, chérie. Je suis vraiment désolé. » Je ramasse mon T-shirt, le roule en boule et l'appuie contre la blessure pour empêcher le sang de couler.

Un sanglot secoue Amber, puis elle pousse un petit gémissement. Elle se tourne pour me regarder, ses grands yeux bleus remplis de larmes.

« Oh, par le ciel », dis-je d'une voix étranglée. Mes yeux s'humidifient.

Elle touche mon visage. « Non, ça va, ça va, ça va. »

Je la soulève, prends la couverture sur le lit et l'enveloppe autour d'elle.

Je dois avoir l'air horrifié, parce qu'elle lève une main et répète : « Je vais bien. Je vais bien. » Mais... *Merde !* Le T-shirt pressé contre son épaule commence à être imprégné de sang. J'ai envie de démolir tout ce qui se trouve à ma portée. Ma compagne est blessée, et c'est ma faute.

« Amber. » Je prononce son prénom comme une prière. Comme une lamentation. Une supplique de pardon, même si elle me l'a déjà accordé.

On frappe à la porte. « Tout va bien ? » demande Trey.

J'allonge Amber sur le lit, enfile mon jean et vais ouvrir. Trey me regarde, Jared derrière lui.

Je n'ai jamais été plus reconnaissant du soutien de mes frères de meute, surtout si l'on considère que je viens d'essayer de leur casser la gueule. « Vous croyez qu'elle a besoin de points de suture ? De quels soins ont besoin les humains pour ce genre de blessure ? »

Trey entre, irradiant le calme. « Laisse-moi voir. » Il soulève le T-shirt et examine la blessure d'Amber. « Non, ça n'a pas l'air grave. Aucune artère n'est touchée. À mon avis, elle ne risque rien. Les humains ne font pas de points de suture pour les perforations ; ils les laissent à l'air libre pour éviter les infections. »

Putain, heureusement. J'espère qu'il sait de quoi il parle.

Jared me tend une boîte d'antidouleurs dont l'emballage est écrit en espagnol. « Je suis allé t'acheter de l'ibuprofène, dit-il à Amber. Et de l'huile de coco. Il paraît que c'est antibactérien et antifongique.

— Ça ne s'utilise pas sur ce genre de blessure, débile, rétorque Trey avant de lui donner un coup de poing dans l'épaule.

— J'ai aussi de l'alcool, si tu préfères », ajoute Jared en tendant à Amber une bouteille de José Cuervo.

Je repousse sa main. « Pas d'alcool, mais merci pour les antidouleurs. Tu peux lui apporter un verre d'eau ? »

Amber accepte le cachet. Elle est livide, ce qui me brise le cœur. Je la serre dans mes bras et m'assieds contre la tête de lit en la gardant blottie contre mon torse.

Jared revient avec le verre d'eau. « Tu as besoin d'autre chose ? »

Je secoue la tête.

« Bon. On vous laisse tranquille, alors. »

Les deux loups sortent de la chambre. Peut-être parce que ma poitrine ouverte en deux a laissé mon cœur à nu et sans protection, leur loyauté m'émeut profondément, et je suis empli de gratitude.

~.~

Amber

Je suis allongée contre le torse solide de Garrett. « Je me sens... un peu bizarre.

— Le sérum qui recouvre mes crocs contient une substance qui fait un peu planer. C'est pour calmer la femelle après la morsure.

— C'est dangereux pour les louves aussi ? »

Il secoue la tête. « Non. Les métamorphes possèdent des capacités de guérison fantastiques. La douleur n'est que passagère pour une louve. Elle souffre pendant quelques heures, et elle est totalement guérie le lendemain. » Il me caresse la tête, l'inquiétude gravée sur son visage.

« Moi aussi, je guérirai. »

Il caresse ma joue avec son pouce. « Tu es incroyablement courageuse. Tu es une véritable alpha, même si tu n'es pas une louve. »

Je l'observe. « Qu'est-ce que ça signifie, exactement ? »

Son visage se referme, comme s'il voulait me cacher quelque chose. « Rien. Juste que tu es une bonne compagne pour un alpha. »

Ah. Je comprends. « Même si la compagne d'un alpha devrait être une louve. »

Ses mâchoires se contractent. « Ça m'est égal. »

Je n'ai pas besoin d'être extralucide pour savoir qu'il ne me dit pas tout. Il cherche à me protéger de quelque chose. *Conneries.* Ma certitude que me marquer était la chose à faire s'érode. « C'est un problème, que je sois humaine ? Bien sûr que c'en est un, je réponds à sa place. Parce que tes enfants ne seront pas métamorphes.

— Peut-être pas, rectifie-t-il. Et c'est sans importance. Tout comme je me fiche d'être le chef de meute », déclare-t-il.

Ma peau se couvre de chair de poule. J'ai la tête lourde à cause de son sérum ; je la secoue pour essayer d'éclaircir mes pensées. « Attends... tu risques de perdre ta place de chef ? Parce que je suis ta compagne ? »

Ses traits se durcissent. « Tu n'es pas seulement humaine. Tu as le don de double-vue : tu appartiens au monde surnaturel. Tu es la compagne parfaite pour un alpha », dit-il comme s'il s'adressait à ses futurs détracteurs.

Ma vision se brouille. « Je suis désolée.

— Non, dit-il férocement. Ne le sois pas. J'espère bien que tu n'es pas désolée pour moi, parce que je suis le connard le plus chanceux du monde. Je viens de m'unir à la compagne que le destin a choisie pour moi. Tu crois que l'envie de marquer se présente à chaque pleine lune, avec toutes les femelles ? Ce n'est pas le cas. Je n'avais jamais ressenti ce besoin avant de te rencontrer. J'ai essayé de résister, mais pas parce que j'avais peur de perdre ma place de chef ou d'être critiqué. Pas du tout. Est-ce que tu comprends ? » Il me fait lever le menton. « C'était seulement par peur de te faire mal, et parce que ce n'est pas juste de te marquer dans ces circonstances.

— Quelles circonstances ? »

Son regard devient triste. « Je t'ai forcée à nous aider. Je t'ai emmenée ici contre ton gré. Tu me connais à peine. Et tu n'as pas la moindre idée de ce qui t'attend, maintenant que tu es ma compagne. »

Le sérum m'a détendue, a dilué la douleur. « Qu'est-ce qui m'attend ? je demande d'une voix taquine. Un loup dominant qui menace de me donner la fessée quand je désobéis ? » Ces simples mots réveillent mon désir. Garrett inhale brusquement, et je sais qu'il a senti mon excitation.

« Ton compagnon prendra ton petit corps sexy dans toutes les positions qu'il veut, n'importe où, n'importe quand », me grogne-t-il à l'oreille. Il serre ma chevelure dans son poing et tire ma tête en arrière.

Ma chatte se contracte.

« Si tu me contraries, je baisserai ta culotte et je te donnerai la fessée. Je t'enculerai et je t'empêcherai de jouir. »

Je laisse échapper un petit rire choqué. Mon corps se liquéfie, je suis sur le point de jouir alors qu'il ne m'a même pas touchée. Il semble le savoir, parce qu'il glisse ses doigts épais entre mes cuisses et trouve mon clitoris gonflé.

« Je t'attacherai au lit et je te baiserai jusqu'à ce que tu perdes connaissance. Et quand j'aurai terminé, je te mettrai un plug dans le cul et je te redonnerai une fessée, juste parce que j'en ai envie.

— T-tu es dingue », je bafouille, mais mes cuisses se

serrent instinctivement l'une contre l'autre, et l'orgasme me foudroie. Les muscles de mon bas-ventre se contractent frénétiquement en une succession de vagues délicieuses.

Garrett pose la main dans ma nuque. « Bon sang, même après t'avoir marquée, je ne sais pas comment je passerai la nuit sans te baiser non-stop.

— Qu'est-ce qui te retient ? je demande de ma voix la plus séductrice.

— La blessure sur ton épaule. » Un tue-l'ambiance efficace. « Et mon père ne va pas tarder à arriver. »

Une certitude m'apparaît en un éclair. « Il est déjà là », dis-je, juste avant que des coups sonores ne soient frappés contre la porte de la suite.

CHAPITRE ONZE

G*arrett*

« ATTENDS ICI, BÉBÉ. » Je l'allonge dans le lit et me lève. Ça m'étonnerait que mon père soit ravi d'apprendre notre union, et je refuse de faire subir sa réaction à Amber.

Elle est adorable, avec ses cheveux emmêlés et ses yeux brillants, détendue et encore un peu rêveuse après notre partie de jambes en l'air. Heureusement, elle a retrouvé des couleurs. Je dépose un baiser sur ses lèvres charnues et m'écarte, même s'il me coûte de m'éloigner d'elle. *Mon humaine. Ma compagne.* J'ai encore du mal à y croire.

Jared a déjà ouvert à mon père et ses trois meilleurs guerriers. Leur présence semble rapprocher les murs de la suite. Leurs mines sont sombres. Je suis à nouveau envahi de honte de ne pas avoir retrouvé Sedona en approchant pour saluer mon père. Il n'est pas du genre à me serrer dans ses bras ; même avec les membres de sa famille, il reste froid et sévère.

« Fils, dit-il en me serrant la main. Qu'est-ce qui se passe, bon sang ?

— Sedona a été kidnappée par des loups pendant ses vacances à San Carlos. Elle se trouve actuellement dans une région isolée, Monte Lobo. Maintenant que vous êtes là, on peut aller la tirer de là dès le lever du jour.

— Tu aurais dû me prévenir immédiatement. »

Je m'attendais à ce reproche, mais mon cœur se serre tout de même. « Je sais. Je ne voulais pas t'inquiéter. Tu as raison, et je regrette. »

Mon père me regarde, ses yeux gris acier austères. Les rides sur son visage le vieillissent plus que dans mon souvenir. Un peu stupéfait, je réalise qu'il n'aurait plus le dessus sur moi dans un duel, même si je ne chercherais jamais à le provoquer. Il finit par hocher la tête. « Qui est Amber ? »

À point nommé, ma petite humaine sort de la chambre en chancelant. Elle est habillée, mais a toujours l'air un peu dans les vapes. Mon cœur fait un bond. Je tends le bras. Elle se glisse dessous et se blottit contre moi.

« Amber Drake, monsieur », dit-elle en tendant la main. Elle a instinctivement compris qu'il fallait lui témoigner déférence et respect, et j'admire sa faculté d'adaptation. Malgré sa petite taille et sa carrure frêle, je la vois se redresser bien droite. Elle doit être un ennemi formidable dans un tribunal.

« C'est ma compagne. » J'insuffle une touche d'acier à mes mots pour avertir mon père de tenir sa langue. Il n'approuve peut-être pas, mais c'est fait, et il devra s'y habituer.

Il regarde la blessure sur son épaule, puis son visage. Il lui décoche un regard sévère, comme si elle était l'une des membres de sa meute. « Jeune fille, je vous avais dit d'attendre.

— Fiche-lui la paix », je gronde, mais Amber reste impassible.

« Je sais, monsieur. »

Mon père continue de la dévisager durement, mais incroyablement, Amber ne se recroqueville pas. Si elle montrait le moindre signe de malaise, j'attaquerais mon père sur-le-champ. Je lui prouverais qui est l'alpha, désormais.

« Vous avez secouru ces loups toute seule ? »

Amber lève le menton, comme lors de notre première rencontre dans l'ascenseur. Elle refuse de se montrer intimidée. « J'étais obligée, monsieur. Une vision m'a montré ce que je devais faire.

— Tu ne m'en as pas parlé », je murmure. Je me sens un peu moins coupable et agité à cette idée.

« Tu n'étais pas vraiment d'humeur à discuter. » Elle me lance un petit regard par-dessous ses cils qui fait battre mon cœur plus fort. Ce petit bout de femme me mène déjà par le bout du nez.

« Vous avez des visions ? » demande mon père d'un air sceptique.

Amber acquiesce. « Parfois, monsieur. Je ne les contrôle pas toujours. » Elle grimace soudain.

Par le ciel, c'est à cause de la morsure. Je la serre contre moi, prêt à foncer à l'hôpital au pied levé.

« Sedona a été marquée », lâche Amber d'une voix étranglée.

Sa grimace était due à une vision, pas à la douleur.

« Mais ce n'est pas son compagnon qui l'a enlevée. Il essaie de la faire libérer.

— Son *compagnon* ? » s'exclame mon père.

Amber écarquille les yeux, comme si sa révélation la surprenait autant que nous. Son regard part dans le vague. « Oui... Ils étaient enfermés ensemble pendant la pleine lune. Il l'a marquée.

— Vous savez où elle est ? » demande mon père en me regardant.

J'acquiesce.

« Alors, on y va. Trois fourgons remplis de loups nous attendent dans la rue. On n'emmène aucun humain. »

Même si je suis d'accord, je n'apprécie pas qu'il donne cet ordre sans un regard pour Amber.

Je lui caresse la joue. « Reste ici, ma chérie. Je n'aurai pas besoin d'aide cette fois, alors ne pense même pas à venir nous secourir. Peu importe ce que tes visions te montrent. D'accord ? »

Elle hoche la tête. Je détecte une trace de tristesse dans son regard, sans arriver à savoir ce qui la provoque ; mais mon père est déjà en train de pousser tout le monde vers la porte.

« Trey, reste avec Amber. Au cas où son état s'aggraverait.

— Non, je vais très bien, proteste-t-elle. Allez-y. »

J'hésite, déchiré entre l'envie d'être le plus nombreux possible pour secourir Sedona et mon inquiétude pour Amber.

Elle nous pousse vers la porte. « Je vais bien. Je fermerai la porte à clé et je commanderai à manger en attendant votre retour.

— D'accord », je cède. Je me penche pour l'embrasser. « Repose-toi, bébé. Je t'appellerai sur le téléphone de la chambre pour te donner des nouvelles. »

Elle lève la tête et me rend mon baiser, puis je m'en vais à regret. Elle a l'air malheureuse, et je n'arrive à convaincre mon loup de la laisser seule qu'après avoir silencieusement juré de revenir.

~.~

Amber

JE SUIS PRISE d'un haut-le-cœur dès qu'ils s'en vont. Entre l'effet du sérum, la douleur et mon état d'épuisement général, mon corps se rebelle contre ce que je sais devoir faire avec certitude :

Partir.

Si j'avais su que Garrett perdrait sa position d'alpha en me marquant, je ne l'aurais jamais laissé faire. Sa meute est tout pour lui. J'ai vu à quel point ils sont proches ; ils sont plus unis qu'une famille. Ils se protègent et se soutiennent. Ses frères de meute sont prêts à tout pour lui. Bon Dieu, le symbole de sa meute est même tatoué sur son bras.

À l'idée de le quitter, je me sens soudain incroyablement seule. Avant de rencontrer Garrett, je n'avais jamais souffert de solitude. Je me servais de mesures d'ordre et de contrôle, et du sentiment de contribuer à la société pour me satisfaire de mon quotidien.

Mais je vois maintenant les choses clairement. Ce n'était qu'un masque, dont je me servais pour ne pas voir la réalité qui me ronge depuis toujours : je suis seule au monde.

Ce n'est pas grave. Tout le monde ne peut pas faire partie d'une famille nombreuse ou appartenir à une meute. J'ai appris à me débrouiller toute seule, et j'y arriverai aussi sans Garrett. J'ai mon travail. Ma meilleure amie. Des enfants placés en foyer qui ont besoin de moi. Ouais, mon travail, donc.

Il n'est mon compagnon que depuis quelques heures. Je ne le considère comme mon petit ami que depuis une journée.

Le quitter ne sera pas si dur.

Mon œil.

À travers mes larmes, je jette mes affaires au hasard dans ma valise argentée à roulettes. Chaque fois que je sens que je vais recommencer à m'apitoyer sur moi-même, je me rappelle que je le fais pour Garrett. Il mérite une louve alpha comme compagne.

Pas Amber la folle.

Certainement pas Amber la folle.

Moi-même, je ne veux pas d'elle – comment pourrait-elle être ce que veut Garrett ?

Non, ce sont ses craintes pour Sedona, la pleine lune et notre proximité qui l'ont rendu impétueux. Tôt ou tard, il se rendra compte qu'il a commis une erreur. Peut-être la semaine prochaine, ou dans un mois. Peut-être pas avant trois mois ; mais ça arrivera, aussi inévitablement que la prochaine pleine lune. Mieux vaut arracher le pansement d'un coup sec. Ou s'en aller pendant qu'il en est encore temps. Ou n'importe quelle expression adaptée à la situation.

Ce weekend a été dingue, mais c'est tout ce que c'était. Dingue. Et un weekend.

Je sors de la suite et prends l'ascenseur au bout du couloir. Il est minuit passé, mais je trouve un taxi devant l'entrée et lui demande de m'emmener à l'aéroport.

Alors que le véhicule s'éloigne, mes tempes commencent à battre. Je sors de mon sac la boîte d'ibuprofène que Jared m'a donnée et avale trois cachets, même si je sais qu'ils ne me seront d'aucun secours. Je regarde les rues sombres défiler par la fenêtre et me prépare à endurer la douleur. Non à cause de la migraine, mais du javelot immense fiché dans ma poitrine.

Je m'en remettrai. Je m'en remets toujours.

À l'aéroport, je me renseigne sur les départs et trouve un vol qui part pour Phoenix à six heures du matin. C'est à deux heures de Tucson, mais ça ira. J'achète un billet et m'assieds sur une chaise pour attendre le matin.

Les visions se présentent dès que je ferme les yeux. Je les repousse, mais j'ai l'impression que ma tête va exploser. En accéléré, je vois Sedona, une superbe brune, enfermée avec un jeune Mexicain dans une pièce pauvrement meublée. L'image se brouille, se transforme en un combat entre le jeune homme et les loups qui gardent la porte. Puis je les vois tous les deux sur une belle terrasse qui surplombe la jungle. Le camion que Trey a volé dans l'entrepôt approche sur la route en-dessous d'eux.

Garrett.

Il me manque cruellement. C'est comme si en plus de son odeur, il avait aussi imprimé l'essence de son être en moi, me rendant accro à lui pour toujours. Je refoule les visions, les ravale. Mes jambes flageolent quand je me lève, mais j'arrive à aller jusqu'aux toilettes pour asperger de l'eau fraîche sur mon visage. Le matin est presque là. Mon avion décollera bientôt, et je pourrai dormir pendant le vol.

Demain, je serai rentrée chez moi et je pourrai prétendre que ce n'est jamais arrivé.

Je regarde dans le miroir, mais au lieu de mon reflet, je vois la femme aux cheveux blancs croisée dans les toilettes d'un aéroport des années plus tôt. Elle me fixe avec un regard accusateur.

« Je suis désolée », dis-je d'une voix étranglée, mais la pièce tourne. Je m'agrippe au lavabo pour ne pas tomber à la renverse.

Ensuite, je me souviens seulement que tout est devenu noir. Ma tête a cogné contre quelque chose de dur, et j'ai accueilli l'inconscience à bras ouverts.

~.~

Garrett

ASSIS sur le siège passager d'une fourgonnette vingt places, je fais craquer mes articulations tatouées. Nous sommes un convoi de trois gros fourgons – des sortes de mini-bus – à progresser dans la jungle. Mon père a soixante hommes avec lui. Les Montelobo sont plus d'une centaine. Nous avons nos chances, étant donné la férocité de ma meute. Mais c'est la première fois que je pars au combat en sachant que quelqu'un attend mon retour.

À présent, la vie me paraît plus précieuse. Ma propre vie, celle d'Amber. Certainement celle de Sedona. Par le ciel, elle n'est encore qu'une gosse. Elle n'aurait jamais dû subir une telle épreuve.

Je voyage avec mes frères de meute, pour leur signifier à quel point j'apprécie leur soutien et l'importance que cet affrontement revêt pour moi. Je compte bien en sortir vainqueur. La défaite ne fait pas partie de moi, et surtout pas si ça concerne Sedona. Le même sang coule dans les veines de mon père : je sais que nous sommes invincibles.

Le trajet prend deux heures et demie. Assez longtemps pour que je rejoue chaque moment passé, avec Amber depuis le jour de notre rencontre jusqu'au moment où je l'ai laissée dans l'hôtel. En très peu de temps, elle a complètement transformé ma vie.

Le fêtard invétéré qui ne voulait jamais se caser que j'étais encore il y a une semaine est désormais un étranger pour moi. Le type qui refusait de grandir, que mon père bassinait pour qu'il se comporte comme un vrai leader. Celui qui ne prenait pas grand-chose au sérieux. Oui, j'ai réussi dans les affaires, mais ça n'a pas été difficile. Tout se change en or entre mes doigts. Je me suis lancé dans l'immobilier au bon moment. Mon père m'a avancé un capital de départ, mais j'ai pu le rembourser dans l'année. Le reste, je l'ai accompli seul.

À présent, c'est si flagrant que j'ai joué au rebelle par peur de finir comme mon père. Par peur de devenir un chef pète-sec qui mène sa meute et sa famille à la baguette.

Mais maintenant que mon propre instinct de protéger ceux qui me sont chers – Amber et Sedona, mes frères de meute – s'est éveillé, je comprends mieux son comportement. Je ne dirige pas ma meute de la même manière que lui, mais au fond, nous désirons la même chose. Et maintenant que j'ai une compagne, la nécessité de devenir adulte m'apparaît comme une évidence.

Je dois devenir un homme qu'Amber sera fière de présenter à ses collègues et aux enfants dont elle s'occupe. Je ne compte pas m'habiller en costard-cravate, mais il est temps d'arrêter de vivre comme un éternel étudiant.

Le fourgon monte une route en terre étroite, s'enfonçant toujours plus profondément dans la dense forêt tropicale. La zone semble rurale et pauvre, mais nous arrivons bientôt devant un portail électrique dernier cri. Mon père et moi descendons de voiture. Je détruis la caméra de sécurité en train de nous filmer et je l'aide à arracher le portail de ses gonds en tordant le métal.

Je suis prêt à muter et à continuer à quatre pattes, mais mon père ordonne au convoi d'avancer un peu plus loin. Je remonte dans le fourgon et déchire mon T-shirt. Mes frères de meute font de même. Nous sommes prêts à les affronter, sous forme d'humains ou de loups.

Nous roulons encore sur une dizaine de kilomètres en grimpant toujours dans la montagne. Une citadelle se profile au loin. Il n'y a pas d'autre mot pour décrire la bâtisse. Entouré d'une muraille de briques en terre, un gigantesque palace est posé sur une haute colline, avec de nombreux balcons à balustrade et des tourelles qui surplombent une enclave de petites cabanes aux toits de chaume. Un château médiéval accueillant seigneur et paysans, voilà à quoi ça ressemble.

La route se termine devant une grande herse. Fermée, bien sûr.

Le convoi s'arrête, et tout le monde sort de voiture. Un mouvement derrière nous me fait faire volte-face et muter partiellement, mais je me fige soudain.

« Sedona ? »

Ma sœur court vers nous à toute vitesse. Elle porte une robe aérienne démodée, et je sens l'odeur d'un mâle mêlée à son sang.

Amber avait raison – même si je n'en doutais pas. Sedona a été marquée.

« Garrett ! » Elle me saute dans les bras en enroulant ses bras et ses jambes autour de moi comme un bébé.

Je recule sous l'impact, puis la serre contre moi. « Sedona. Tout va bien. On est là. »

Lorsque mon père nous rejoint, je la lâche et c'est son tour de la serrer dans ses bras.

« Comment on entre ? Je vais tuer tous ces fils de...

— *Non.* » Sedona regarde par-dessus son épaule, dans la direction d'où elle est venue. Un petit garçon qui ne doit pas avoir plus de neuf ans se tient là, l'air hésitant. « Emmenez-moi loin d'ici. Je ne veux pas d'affrontement. Je veux juste rentrer à la maison. Allons-y. »

Mon père secoue la tête. « Personne ne reste en vie après avoir kidnappé ma fille.

— Ils ne m'ont pas kidnappée, ils m'ont achetée. Si tu veux tuer les salauds qui m'ont enlevée, je t'en prie, mais je voudrais juste qu'on s'en aille. Sans effusion de sang. Partons, s'il te plaît. »

À son expression, je vois que mon père n'a pas changé d'avis. Je lui prends le bras et l'entraîne vers le fourgon. « Papa, viens voir. »

Ses lèvres sont serrées en une ligne fine, mais il me suit derrière le véhicule, où nous pourrons discuter en privé. Enfin, c'est une illusion, parce que les loups ont une ouïe excellente ; mais au moins, les autres comprennent que nous souhaitons parler seul à seul.

« Papa, tu ne penses pas que Sedona a assez souffert ? Elle a été *marquée*. Elle ressent peut-être des sentiments contradictoires pour ce type. La dernière chose dont elle a besoin, c'est d'une épreuve supplémentaire. Si elle nous demande de partir sans nous battre, je pense que nous devons respecter sa volonté. »

Mon père gronde.

Je ne bouge pas. Je ne veux pas provoquer son loup, mais je refuse de me soumettre. Mon loup est un alpha, lui aussi. Il doit entendre raison.

« Si on ne les tue pas, on donne l'impression d'être faibles.

— Alors, on reviendra plus tard et on rasera tout le village », dis-je d'un ton pince-sans-rire, même si je sais que mon père en est capable. « Mais pour le moment, je propose qu'on emmène Sedona loin d'ici, qu'on écoute son histoire et qu'on prenne le temps de réfléchir. Si on décide d'y retourner, tant mieux. Je ne demande qu'à écarteler ces enfoirés un par un, tu le sais. »

Le grondement dans la gorge de mon père faiblit, et cesse. Il hoche une fois la tête, puis s'éloigne vers sa meute et ordonne aux loups de remonter à bord. Je cligne plusieurs fois des yeux, un peu stupéfait que mon père m'ait laissé prendre la décision.

Les loups se déplacent avec une précision militaire, et notre convoi reprend la route en moins de soixante secondes. Je m'installe sur la banquette arrière à côté de Sedona, passe un bras autour de ses épaules et attends qu'elle soit prête à parler.

~.~

Nous roulons dans les rues de Mexico quand Sedona prend enfin la parole. « Comment m'avez-vous retrouvée ? » Malgré le calvaire qu'elle vient de vivre, elle est rayonnante. Elle irradie la jeunesse et la vitalité, comme si sa louve adorait avoir un compagnon.

« Ma compagne t'a trouvée. » Il y a tant de fierté dans ma voix que je suis sûr qu'Amber peut sentir mon amour depuis la chambre d'hôtel.

J'arrive, bébé. Je suis presque là.

Sedona lève ses yeux verts fatigués vers moi. « Ta *compagne* ? »

Je touche sa nuque, là où la morsure est en train de cicatriser. « Apparemment, on s'est tous les deux casés pendant cette pleine lune. »

Les yeux de Sedona s'emplissent de larmes, et elle détourne la tête. Je suis prêt à faire la peau au connard qui lui a fait ça et je meurs d'envie d'entendre ce qui lui est arrivé, mais je me force à garder le silence. Si j'insiste, elle se refermera comme une huître.

« Parle-moi d'elle », dit-elle d'une voix voilée de sanglots.

Je dépose un baiser sur son crâne. « Elle s'appelle Amber. C'est une humaine extralucide, et une avocate. Et ma voisine de palier. Lorsque tu as disparu, je l'ai for– je lui ai demandé son aide, et elle est venu avec nous au Mexique. Elle nous a aidés à retrouver ta trace jusqu'à Mexico, où nous avons trouvé tes kidnappeurs – ils sont morts, au fait – puis elle nous a aidés à découvrir où tu te trouvais.

— Une humaine, hein ? Je n'aurais jamais pensé. » Je suis sur mes gardes, mais je n'entends pas le moindre jugement dans la voix de Sedona. J'attends toujours que mon père m'engueule.

« Moi non plus, j'avoue en haussant les épaules. Mon loup l'a choisie. »

Le visage de Sedona s'assombrit, la tristesse teinte son regard. « Ouais. J'imagine que ça arrive. »

Merde. Elle a dû tomber amoureuse de son compagnon, quel qu'il soit. Elle est peut-être victime du syndrome de Stockholm.

« Tu es sûre que tu ne veux pas que je retourne tuer la meute Montelobo ? Tu n'as qu'un mot à dire, petite sœur. »

Elle secoue la tête. « Certaine. Ne laisse pas papa y

retourner non plus, s'il te plaît. Je crois juste que... cette meute est vraiment tarée. » Elle se tait un instant, puis lève la tête vers moi. « Alors, où est Amber ? Quand est-ce que je peux la rencontrer ? »

Je sais qu'elle se force à sourire pour ne pas m'inquiéter, et ça me tue. Nous arrivons devant l'hôtel. « Elle est dans notre suite. Viens, je vais te la présenter. »

Nous sortons du fourgon, et je monte dans l'ascenseur avec Sedona, Trey et Jared. Je remarque que Sedona m'emboîte immédiatement le pas. Elle a aussi choisi de monter en voiture avec moi. Elle ne veut pas affronter mon père. Je la comprends. Je pose mon bras sur ses épaules, et elle s'appuie contre moi.

Je ne suis parti que six heures, mais je meurs d'envie de voir Amber. Par le ciel, j'espère que la morsure ne l'a pas trop fait souffrir. Elle a probablement dû l'incommoder.

Je glisse la carte de la chambre dans le lecteur. Dès que je pousse la porte, je sais que quelque chose cloche.

L'odeur d'Amber n'est pas là. Enfin, j'en détecte des traces, mais elle n'est pas dans la suite. « Amber ? » j'appelle malgré tout. Je découvre un mot sur la table.

Garrett,

Je ne veux pas te forcer à respecter ce qui est arrivé sous l'influence du stress et de la pleine lune. Prendre une humaine comme compagne changerait ta position au sein de ta meute et causerait des problèmes avec ton père, et je ne veux pas porter ce poids sur mes épaules. Disons juste que nous avons passé un deuxième rencard vraiment incroyable, et restons-en là.

J'ai pris un avion pour rentrer à Tucson. Je t'en prie, laisse-moi

un peu de temps avant de venir me voir ; j'ai besoin de distance
pour t'oublier.

TENDREMENT,
   Amber

NON.

Mon rugissement fait trembler les tableaux encadrés au
mur. Je froisse le mot et le jette par terre.

Elle ne peut pas être partie.

Putain, je refuse de l'accepter.

Je sors mon téléphone et compose son numéro, avant de
me souvenir que son portable ne fonctionne pas ici. Je laisse
quand même sonner jusqu'à ce que je tombe sur son
répondeur.

« Amber. Je dois te parler tout de suite. Appelle-moi. » Je
voudrais dire un millier d'autres choses, mais j'ai peur de
tout faire foirer en disant une connerie. Trey, Jared et
Sedona ont les yeux écarquillés et restent prudemment à
distance, mais leurs visages me témoignent de la sympathie.
« Trey, charge Kylie de trouver de quel vol il s'agit.

— Je m'en occupe, G. »

Je tourne en rond dans la pièce, et envoie mon poing
dans le mur.

« Garrett », dit Sedona d'un ton dur.

Je me tourne vers elle, poings serrés. J'ai du mal à
entendre clairement par-dessus le grondement qui vibre
dans ma gorge.

« Si tu veux retrouver ta compagne, tu ferais mieux de
trouver un plan au lieu de faire des trous dans le plâtre. »

Je cligne plusieurs fois des yeux. Il me faut une minute

pour comprendre le sens de ses mots, mais je réalise qu'elle a raison.

« *Putain.* » Je passe mes doigts dans mes cheveux et me prends la tête dans les mains.

Je ne sais pas du tout comment faire changer ma compagne d'avis. Manifestement, je n'ai même pas su la courtiser, puisqu'elle a dit que nos deux premiers rendez-vous étaient vraiment, vraiment nuls.

Le téléphone de Trey bipe. « Tu as de la chance. Son avion devait partir au petit matin, mais le vol a été annulé. Le prochain part dans – il consulte son téléphone – une heure. On y va. »

Je suis soulagé que Trey prenne les commandes pendant que j'essaie de réprimer mon loup, qui demande férocement à être réuni avec sa compagne. Nous le suivons tous dans l'ascenseur. Mon père et quelques membres de sa meute sont encore dans le hall. Ils nous interpellent, mais je n'entends pas à cause du bourdonnement dans mes oreilles. Ils nous emboîtent le pas, et nous nous empilons tous dans un des camions.

Pendant que le véhicule fonce à travers la circulation, je revois chaque instant passé avec Amber depuis le jour de notre rencontre.

Si jamais j'avais nourri le moindre doute sur mon choix de compagne, il est désormais clair comme de l'eau de roche. Chaque interaction avec elle est comme entourée d'un halo lumineux. Amber Drake est un don du ciel. Pour ce monde. Pour les enfants qu'elle aide. Pour moi. Elle a le cœur d'un ange, et le courage d'une métamorphe. Elle est délicate et forte à la fois. Puissante à sa manière. Sa capacité à aimer, à pardonner, à donner de son temps et à ouvrir son cœur aux autres ne connaît aucune limite.

J'ai besoin d'elle.

Pas seulement pour mon loup. Pour moi.

Et je ferai tout, absolument tout, pour me rendre digne d'Amber Drake.

~.~

QUE LE PROCÈS-VERBAL REFLÈTE : *rompre avec un loup cause de terribles migraines.* Je reprends conscience sur le sol de la salle de bains et découvre que j'ai raté mon vol. Je ne sais pas du tout depuis combien de temps je suis allongée là, ni si on a essayé de m'aider.

Les femmes dans la pièce décrivent un grand cercle autour de moi pour éviter de s'approcher, comme si ce qui m'arrivait pouvait être contagieux. Bien sûr, personne n'a appelé d'ambulance.

Je me traîne jusqu'à un guichet, achète un billet pour le prochain vol vers les États-Unis et m'effondre sur un siège pour attendre. La lumière qui s'infiltre par les fenêtres m'agresse comme si on me frappait la tête. La nausée me donne le tournis.

Je peux y arriver. J'ai juste besoin de rentrer chez moi et de me mettre au lit.

Bien sûr, cette pensée me rappelle ma dernière migraine, quand Garrett m'a portée au lit et a posé un gant mouillé sur mon front. Comment ai-je pu le prendre pour un voyou ? Il a peut-être une apparence bourrue, mais c'est un doux géant. Il n'a jamais voulu me faire de mal.

Mais il l'a fait.

Pas la morsure ; je sais qu'elle cicatrisera. Je sais aussi que c'est moi qui lui ai demandé de me marquer.

C'est mon cœur qui risque de ne jamais s'en remettre.

J'ai passé toute ma vie sans me sentir en sécurité. Sans me sentir complète, ni aimée. Je ne me suis jamais sentie à ma place. Mais tout ça avait disparu auprès de Garrett. Il m'a acceptée entièrement – pas seulement Amber l'avocate. Il tenait à moi et veillait à ma sécurité.

J'ai été stupide d'accepter de devenir sa compagne après un seul weekend ensemble. C'est l'équivalent d'un mariage impulsif à Las Vegas sous l'emprise de la boisson. Avec ou sans le prêtre sosie d'Elvis. Le genre d'évènement qu'on regrette dès qu'on ouvre les yeux le lendemain.

Alors, je vais rentrer chez moi. Redevenir Amber l'avocate. Continuer d'aider les enfants. Et, tôt ou tard, les souvenirs de ce weekend disparaîtront.

N'est-ce pas ?

Je masse mes tempes douloureuses et me ratatine davantage sur l'inconfortable chaise en plastique.

Des éclats de voix vers les portes de sécurité me font entrouvrir un œil. Je me pétrifie.

Garrett se dirige droit sur moi, entouré d'une dizaine de malabars inquiétants, y compris Trey, Jared et son père. Oh, et une fille, qui doit être sa sœur.

Il referme l'espace entre nous, une détermination féroce dans ses yeux braqués sur moi. Je m'attends à sentir ma migraine empirer, peut-être à retomber dans les pommes, mais rien ne se passe. À la place, le monde devient silencieux. Tout le bruit dans ma tête s'atténue.

Je résiste à la tentation de me serrer contre Garrett. C'est pour lui que je suis partie. Il est mieux sans moi. Je ne peux pas laisser la manière dont mon cœur retourne sa veste, dont mon corps vibre d'excitation en le voyant, influer sur ma décision.

C'est terminé entre nous.

Garrett déboule d'un pas si décidé que j'ai peur qu'il renverse toute la rangée de chaises sur laquelle je suis assise, mais il pile net devant moi et s'accroupit.

« Garrett, s'il te plaît.

— Bébé. »

Oh, bon Dieu. Je ne m'attendais pas à ce qu'il me parle si doucement, si tendrement. Je pensais qu'il allait essayer de m'intimider avec ses conneries habituelles de loup dominant. J'étais prête à défendre ma cause. Mais sa douceur me déstabilise. Le besoin et la tristesse montent en moi, mon cœur est comme une cocotte-minute sous pression.

Garrett s'éclaircit la gorge, comme s'il ne savait pas vraiment quoi dire. Je n'ai pas l'habitude de voir le loup arrogant si mal à l'aise. « J'ai commis beaucoup d'erreurs. Si c'était à refaire, je m'assurerais que nos deux premiers rendez-vous soient les meilleurs de ta vie. »

Mes yeux s'emplissent de larmes. Je cligne furieusement des paupières pour les empêcher de couler sur mes joues.

Les personnes qui accompagnent Garrett se sont rassemblées derrière lui et ne nous accordent aucune intimité, comme si cette conversation les concernait aussi.

« Je m'assurerais que tu ne doutes jamais de mes sentiments pour toi. Et je m'assurerais que tu saches que ce n'est pas à cause de mon loup ou de la pleine lune que je t'ai choisie. *Je* te choisis, Amber Drake. Humaine. Talentueuse extralucide. Avocate au grand cœur. J'ai besoin de toi, chérie. Et je me fiche bien de ce qu'ils peuvent penser. » Il reconnaît enfin la présence de notre auditoire d'un mouvement de tête. « Je me fiche de perdre ma position d'alpha, ou que ma famille me déshérite. Tout ce qui m'importe, c'est toi. Être avec toi. Être là *pour* toi. Parce que ma vie n'avait pas de sens avant de te rencontrer. Maintenant, j'ai une raison de vivre. »

Et moi qui ne voulais pas pleurer. Les larmes ruissèlent sur mes joues tandis que j'essaie de ne pas me pendre au cou de Garrett. « Laquelle ? je murmure.

— Me rendre digne de toi.

— Arrête, dis-je d'une voix nouée.

— Je cirerai mes chaussures et je vendrai la moto, si tu veux. Je laisserai ma meute gérer le club. J'aiderai les enfants défavorisés avec toi. Je ferai tout ce que tu voudras, Amber. Parce que tu es mienne. Je t'ai dit qu'une fois marquée, je ne te laisserais plus jamais partir. J'étais sincère. Mais je vais me donner du mal pour te rendre heureuse. Je te rendrai fière de m'appeler ton compagnon, si tu veux bien de moi. »

Et moi qui ne voulais pas lui sauter dans les bras.

Je me colle contre Garrett et serre mes bras autour de son cou, presque jusqu'à l'étouffer.

« Bébé, croasse-t-il. Est-ce un *oui* ?

— Oui », je murmure.

La meute se rassemble autour de nous en un cercle serré. Jared pose une main sur mon dos, Trey sur celui de Garrett.

Le père de Garrett toussote. « On dirait qu'Amber t'a donné l'inspiration que je n'ai jamais su t'insuffler. »

Garrett refuse de me lâcher, murmure des mots inintelligibles dans mes cheveux.

« Bienvenue dans la famille, Amber. J'apprécie ce que vous avez fait pour mes deux enfants ce weekend.

— Bienvenue dans la meute », murmurent Trey, Jared et de nombreuses autres voix.

Lorsque Garrett finit par me lâcher, sa sœur s'approche et prend mes deux mains dans les siennes. « Merci de les avoir aidés à me retrouver, dit-elle. Et bienvenue dans la famille. »

Je serre la jolie brune dans mes bras. Je sens qu'elle a

elle-même le cœur brisé, comme une résonance de ce à quoi je viens d'échapper, et j'ai envie de la réconforter.

« Si vous voulez bien nous excuser, déclare Garrett en me prenant la main et en nous extrayant du cercle. J'ai besoin de ramener ma compagne à l'hôtel. » Il rencontre mon regard, ses yeux débordent d'amour. « On rentrera à la maison demain. Ensemble. D'accord ? »

J'acquiesce en silence. Je vais devoir appeler mon travail pour les prévenir de mon absence, mais ce n'est pas grave. Je ne dois pas plaider au tribunal.

Garrett me soulève dans ses bras et sort de l'aéroport à grandes enjambées en ignorant mes protestations.

« Ne t'inquiète pas, Amber. On s'occupe de ta valise », crie Trey derrière nous.

J'enfouis ma tête dans le cou de Garrett. « Comment es-tu entré dans la salle d'embarquement sans billet d'avion ?

— Je ne sais pas. Trey s'en est occupé. »

C'est vrai. Il a une meute. Ma meute aussi, désormais.

~.~

Garrett

JE LOUE une suite séparée à l'hôtel, et Jared nous apporte nos sacs.

Amber rougit comme une jeune mariée, ce qui est la chose la plus mignonne que j'ai jamais vu. Elle rougit de plus belle lorsqu'elle comprend ce que je réserve à son petit corps sexy.

« Déshabille-toi. » Ma voix est plus rauque que je ne m'y attendais.

Elle lève les yeux vers moi, sourcils arqués, probablement surprise par l'ordre bourru alors que je la traitais jusqu'alors comme une petite fleur délicate.

Je ne sais pas ce qu'elle lit dans mes yeux – possiblement une faim dévorante – mais ses paupières se baissent, et ses tétons pointent. Elle retire lentement ses vêtements.

Je farfouille dans mon sac pour trouver le gros scotch. Lorsque je le sors, elle pique un fard, mais ses mains se posent sur ses seins, comme si j'avais déclenché des picotements qu'elle avait besoin de soulager.

« Qu-qu'est-ce que tu fais ? »

Je lui montre le rouleau de ruban adhésif en m'approchant lentement d'elle, comme un prédateur sûr d'avoir coincé sa proie. Je bande douloureusement pour ma nouvelle compagne. « Puisque tu as l'air d'avoir du mal à rester en place, je dois prendre des mesures. »

Elle lèche ses lèvres boudeuses. « Ce ne sera pas nécessaire. » Bon sang, sa voix est enrouée. J'adore quand sa voix est comme ça. J'ai hâte de savoir quels autres bruits je peux lui faire produire. Je n'ai pas encore eu le temps d'apprendre à connaître le corps et les réactions de ma compagne – ce qui la fait frissonner, ce qui la fait crier. Et je compte bien y remédier tout de suite.

Je déroule une bande de papier adhésif et la déchire. « Oh, je pense que si, c'est nécessaire. Tu vas rester toute la journée et toute la nuit attachée au lit, bébé. Ça te fera peut-être passer l'envie de t'enfuir. » Je déchire une deuxième bande et colle les deux l'une contre l'autre. Je ne veux pas meurtrir la peau de ma compagne ce soir. J'aime dominer, mais seulement si elle y prend aussi plaisir.

Elle laisse échapper un rire étranglé. « Je ne m'enf– »

Je la coupe d'un baiser bourru tout en rassemblant ses poignets, les entoure de la double bande de scotch, puis utilise une autre bande pour fermer le cercle. Je passe un doigt entre la menotte improvisée et sa peau pour m'assurer qu'elle n'est pas trop serrée. « Ça devrait aller. » Je plie ensuite une longue bande de scotch dans le sens de la longueur et la passe à travers la menotte, puis je tire ma compagne vers le lit comme une esclave enchaînée. « Sur le dos, pour commencer. » Je montre le matelas du menton.

Un petit sourire flotte sur ses lèvres alors qu'elle monte sur le lit et s'installe sur le dos. Je lève ses poignets au-dessus de sa tête et attache la longue bande à la tête de lit avec du scotch. Ça ne tiendra pas si elle tire vraiment dessus, mais c'est l'illusion de la captivité qui importe.

Je m'arrête un instant pour me gorger de cette vision.

La foutue perfection.

Le petit corps sexy d'Amber est étendu sur le lit, comme une offrande. Ses mamelons dressés retombent légèrement sur les côtés, son ventre frémit quand elle inspire.

« Écarte les jambes, bébé. »

Elle ouvre les cuisses, ses joues s'empourprent.

J'empoigne ma queue par-dessus mon jean en grognant : « Maître, tu es tellement belle que je peux à peine me retenir. Même si ce n'est plus la pleine lune.

— Déshabille-toi », ordonne-t-elle, ses pupilles dilatées.

Je secoue la tête. « Non. »

La confusion passe dans son regard. « Pourquoi pas ?

— Pour commencer, mon ange, c'est moi qui décide, pas toi. Et on sait tous les deux que c'est ce qui te plaît, alors n'essaie pas de prétendre le contraire. Ensuite, c'est une punition. Tu m'as abandonné. Alors, tu vas rester sagement couchée et recevoir ce que je choisis de te donner, quand je le décide. C'est compris ?

— P-pas vraiment. » Sa voix tremblote, mais je sens son excitation, et sa poitrine qui se soulève plus vite me confirme que l'idée l'excite complètement.

Je me place au-dessus d'elle, toujours habillé. « Je vais t'expliquer. » Je pose les mains sur ses genoux et les remonte jusqu'à ses épaules en les écartant. Je dévore des yeux le petit cœur rose entre ses cuisses, et un grondement vibre dans ma gorge. « Je vais lécher cette jolie chatte jusqu'à ce que je sois rassasié. Si ça prend dix-huit heures et que tu as la voix cassée à force de crier, tu retiendras peut-être ta leçon. »

Elle éclate de rire, ce rire rauque qui me rend complète-ment dingue.

Je laisse échapper un grognement et prends ses fesses entre mes paumes. Je soulève son cul jusqu'à ce que son sexe délicieux rencontre ma bouche, et plonge ma langue en elle.

Elle frissonne. Ses genoux compriment mes oreilles. Je lèche sa chatte sur toute sa longueur, j'écarte lentement ses lèvres et caresse l'intérieur du bout de la langue. Ses cuisses se contractent. Elle laisse échapper un petit gémissement.

« C'est bien, ma belle, laisse-moi goûter ce qui est à moi. »

Je prends une lèvre dans ma bouche et la mordille, puis pose ma langue sur son clito.

Elle pousse un cri aigu, presque désespéré. J'aplatis la langue et lape de son anus à son clitoris, et elle commence à gémir en haletant. Je remonte vers son clitoris et le suce tout en enfonçant un doigt en elle, puis deux. Dès que je la pénètre, elle vole en éclats. Ses muscles se contractent autour de mes doigts, elle serre les fesses et se cambre pour coller sa chatte contre ma bouche.

Je suis au paradis. Je ne me suis jamais senti plus puissant qu'en donnant du plaisir à ma compagne.

Dès qu'elle est revenue de son orgasme, je recommence de plus belle.

Je la fais jouir encore une fois. Puis une troisième.

Elle tire sur ses liens. « Je n'en peux plus, Garrett, gémit-elle. C'est trop. C'est tellement intense.

— Je sais, bébé. C'est une punition. À qui appartiens-tu ? » Je fais tourner ma langue autour de son clitoris.

Elle pousse un cri perçant, contracte les fesses, son bas-ventre se soulève. « À toi ! À Garrett, le loup le plus possessif, têtu, autoritaire...

— Oh-oh. » J'éclate de rire. « Quelqu'un a besoin d'une fessée. »

Son sexe se contracte une fois de plus : elle adore l'idée.

Je la retourne, en ajustant le scotch sur ses poignets pour l'adapter à la nouvelle position.

Elle secoue les fesses, m'invitant à la punir.

Je délivre quelques claques rapides, puis frotte sa peau qui commence déjà à rougir. « Tu sais ce qui arrive aux vilaines compagnes qui essaient de quitter leur compagnon ? » J'attrape un oreiller et soulève ses hanches pour le glisser en-dessous.

« Qu-quoi ?

— Elle se font baiser sans ménagement. » Je lui administre une autre fessée, une tape de chaque côté. « Tu es prête pour ta baise punitive ? »

Son adorable petit cul se serre. « Oh, non. » J'entends un gloussement dans sa voix.

« Dommage, chérie. Tu vas voir ce qui arrive quand tu me contraries. »

J'écarte ses chevilles et utilise du scotch pour les attacher aux colonnes du lit après avoir à nouveau doublé les bandes pour qu'elles ne se collent pas contre sa peau.

Ses cuisses sont mouillées par ses fluides, son dos se soulève à chaque halètement. Ma compagne est terriblement excitée.

Je me penche et approche la bouche de son oreille. « Tu sais ce qui arrive quand tu es vraiment vilaine, bébé ?

— Quoi ? » Par le ciel, cette petite voix rauque. Elle me tue.

« Tu la prends dans le cul. » Je fesse son joli derrière plusieurs fois. « Tu as envie que je baise ton petit cul ?

— Non, monsieur. »

Mon sexe tressaute. Je pense qu'il le fera chaque fois qu'elle m'appellera *monsieur*, jusqu'à la fin de mes jours. Elle m'excite tellement quand elle se soumet.

Je me débarrasse de mes vêtements et reviens me placer derrière Amber. Je prends une photographie mentale d'elle, la tête contre la couverture, jambes écartées, attachée au lit, et la classe dans un album que j'espère bientôt remplir d'un millier d'autres images érotiques : Amber suspendue par les poignets à un crochet au plafond, Amber en train de me sucer allongée sur le dos, Amber dans toutes les postures de yoga, nue, attendant mes ordres.

Un grondement commence à monter de ma gorge. Je place ma queue sur le bouton de chair entre ses cuisses et frotte mon gland dans ses sécrétions, puis j'entre lentement en elle, la torture en prenant mon temps.

Elle halète, soulève les fesses et se cambre pour me donner un meilleur accès. Je m'enfonce profondément en elle, puis me retire presque entièrement.

« Non, pleurniche-t-elle. Qu'est-ce que tu... »

Je replonge brutalement en elle.

« Oui. Comme ça. » Elle a l'air hors d'haleine.

« Qui commande ici, bébé ? »

Elle secoue ostensiblement ses liens. « Toi, bon sang. Continue ! »

Je sors d'elle et lui assène deux petites claques, une sur chaque fesse. « On dirait vraiment que tu veux la prendre dans le cul.

— Non. Non, je ne veux pas », répond-elle immédiatement, et j'éclate de rire. Je prends un autre oreiller et le fourre sous ses cuisses pour me donner un meilleur angle, puis je replonge en elle d'un coup de reins puissant.

« Oh, oui ! » crie-t-elle.

Je n'aurais jamais osé rêver que l'avocate coincée que j'ai rencontrée le premier jour puisse être si expressive. Si réactive.

Je continue mes coups de boutoir au même rythme pendant quelques minutes, mais je commence à perdre le contrôle.

« Mon amour, je vais te démonter », je la préviens. Je déplace mon poids sur mes mains et m'enfonce brutalement en elle jusqu'à la garde. Si ses chevilles n'étaient pas attachées, sa tête aurait été projetée contre la tête de lit.

Ses petits cris me rendent fou. Mon loup entre dans une sorte de frénésie. Je la lime sans relâche, encore et encore, le bruit de mes hanches qui claquent contre ses fesses et les petits cris qu'elle pousse emplissent mes oreilles.

« Oui, oui, oui, Garrett ! » hurle-t-elle. Sa chatte se contracte et pulse, et je m'immobilise en elle pour la laisser profiter de son orgasme. Lorsqu'elle devient toute molle, je me retire, libère ses chevilles et soulève sa taille pour la mettre à genoux, jambes écartées, le cul en l'air. Son visage est toujours contre le lit, ses bras au-dessus de sa tête.

Je donne une tape sur son sexe. « Tu croyais qu'on avait terminé, mon ange ? »

Elle pousse un long gémissement. « Je ne peux pas. Trop... de plaisir.

— Oh, tu vas y arriver, bébé. Tu vas prendre tout le plaisir que je décide de te donner. Tu sais pourquoi ?

— Parce que je suis à toi ? » Un petit rire résonne dans sa voix.

« Exactement. Tu es à moi. Pour toujours. » Je prends une nouvelle photographie mentale avant de la prendre sauvagement par derrière. Ensuite, je donne une tape sur sa chatte. « Tu comptes encore essayer de t'enfuir, chérie ?

— Non, monsieur. »

Trois nouvelles tapes, juste sur son clitoris.

Elle gémit.

« Vilaine fille. Maintenant, je vais devoir te baiser jusqu'à ce que tu délires.

— Je délire déjà. » Sa voix est étouffée par la couverture.

Je me penche et glisse ma langue le long de ses lèvres humides.

« Oh, bon Dieu », grogne-t-elle.

J'ai envie de torturer ma compagne avec de nombreux orgasmes, mais je ne tiendrai pas beaucoup plus longtemps. Je me place à genoux derrière elle, aligne mon sexe avec son entrée et pénètre dans sa chaleur moite. C'est encore meilleur dans cet angle. Je serre sa taille et possède son corps exquis, le domine. Mes yeux se révulsent. C'est trop bon. Elle est si serrée. Tellement sexy. Parfaite.

Mon orgasme me percute comme un train à grande vitesse. J'étouffe un juron et continue mes coups de reins pendant que j'éjacule en elle.

Je perds la notion du temps. Je ne sais pas combien de minutes s'écoulent avant que ma vue ne redevienne nette et que je prenne conscience que je ne suis plus en train de baiser ma nouvelle compagne. Je suis toujours collé contre son flanc, entièrement en elle. Mon souffle sort en halètements comme si je venais de courir un marathon.

Amber pousse un petit soupir satisfait et serre la couverture contre elle. Je déchire le scotch qui emprisonne ses poignets et l'attire dans mes bras. Elle s'imbrique parfaitement contre moi, comme si nos corps avaient été conçus pour se reposer ainsi.

J'ôte les mèches devant ses yeux. « Est-ce que ça va ? »

Elle hoche la tête. Ses yeux sont rêveurs, un petit sourire flotte sur ses lèvres.

« Que penses-tu de notre troisième rencard ?

— Mmm. » Elle tend la main et caresse ma joue. « Vraiment, vraiment incroyable. »

ÉPILOGUE

mber

UN PANNEAU ANNONCE sur la porte de l'Éclipse : *Fermé pour soirée privée.* À l'intérieur, des enfants courent dans le club de Garrett. Il leur a fallu un peu de temps pour se sentir à l'aise. La plupart de ces jeunes ont connu des situations terribles, et ils ont perdu leur insouciance. Ils sont timides et méfiants.

Mais Garrett a couru vers l'atelier de maquillage en criant : « Du maquillage, c'est trop cool ! Je peux être un loup ? », et ils se sont détendus. En voyant le grand monsieur baraqué et tatoué avec un maquillage de loup sur le visage, tous les enfants ont bientôt voulu le même.

Je l'observe, mon cœur débordant de bonheur. Il a déjà largement honoré sa promesse de se rendre digne de moi, même si je pensais déjà qu'il l'était. Il s'habille toujours pareil et il conduit toujours une moto ; mais chaque jour, il fait tout pour nous assurer un merveilleux avenir. Comme dessiner les plans de notre future maison. Et m'inviter au restaurant, organiser de vrais rencards avec moi.

« Alisa, tu veux un Shirley Temple ? » je propose à la petite fille rousse effacée.

Elle lève ses grands yeux verts vers moi mais ne répond pas, ce qui n'est pas surprenant.

« C'est un cocktail. Sam en prépare, là-bas. » Je lui montre le bar, où le jeune loup est en train de préparer des boissons pour les enfants.

Sa nouvelle mère adoptive lui prend la main. « Tu aimerais goûter ? »

Elle acquiesce, sans me quitter des yeux.

« Je te donne un petit conseil : demande-lui un supplément de cerises », lui dis-je avec un clin d'œil. Elle sourit, révélant les vides là où ses dents de lait sont déjà tombées.

« Qui connaît la chorégraphie de *Cupid Shuffle* ? » demande Jared. Il fait à la fois le DJ et le coach de danse, avec Trey en assistant. Entourés d'enfants, ils sont en train de se déhancher sous les lumières clignotantes de la piste de danse.

Je souris jusqu'aux oreilles, incroyablement touchée par la générosité de Garrett et de sa meute à l'égard de ces enfants, qui ne sont même pas métamorphes.

Ce sont de bonnes personnes. Ou loups, peu importe.

Et je me sens honorée de faire partie de leur meute.

~.~

BIEN PLUS TARD, je me colle contre le corps chaud de Garrett tandis que sa moto file sur la route qui grimpe dans la montagne. La ville coupe l'éclairage public la nuit pour permettre aux télescopes de Kitt Peak d'opérer ; le ciel nocturne est épatant. Il y a quelques mois, j'aurais dit que conduire à moto la nuit était trop dangereux, mais je suis accrochée à Garrett, je sens ses muscles durs sous mes doigts et je ne me suis jamais autant sentie en sécurité.

Il ralentit et s'arrête sur le parking d'un point de vue. Il met la béquille et vient se placer dans mon dos, nous admirons le paysage.

« C'était super ce que tu as fait aujourd'hui, ouvrir le club aux enfants, je murmure. Je ne savais pas que tu étais si à l'aise avec les jeunes.

— Moi non plus, répond-il avec un petit rire.

— Tu as assuré.

— Je mérite une récompense ? » Il me soulève et me pose sur ses genoux, et je sens précisément le genre de récompense qu'il a en tête.

« Mmm. » Je me frotte contre son érection. « Peut-être plus tard.

— Pourquoi pas ici ? »

J'éclate de rire. « Je ne suis pas encore assez désinhibée. »

Il m'embrasse avec passion, et je gémis contre sa bouche.

« Et maintenant ?

— Quel voyou. » Je me tourne sur la moto pour lui faire face et grimpe sur ses genoux. Le paysage est époustouflant, pourtant je n'ai envie de regarder que lui.

Il passe la main dans mes cheveux. Je ne les attache presque plus, désormais. Ils sont complètement emmêlés à cause du vent, mais ça semble plaire à Garrett.

Son visage devient soudain flou, et je vois Garrett, un peu plus âgé et ressemblant un peu plus à son père, devant une maison en briques d'adobe. Trois enfants, une fille et deux garçons, courent en riant autour de lui pendant qu'il répare sa moto. Il s'arrête parfois pour leur montrer comment fonctionne un outil.

Quand la vision s'estompe, je me serre fort contre lui.

« Tu veux des enfants ? » je demande sans préambule.

Un rire le secoue. « Je ne sais pas si je serai un bon père, mais, oui, j'en veux. Même si j'espère avoir encore un peu de temps seul avec toi avant d'ajouter des marmots à la famille.

— Des petits louveteaux ? On pourra toujours demander à Jared ou Trey de faire du baby-sitting.

— Ou fermer la porte de la chambre à clé.

— Ça marchera seulement si tu ne leur apprends pas à crocheter les serrures. » Je feins un air sévère, et il éclate de rire. Puis il s'écarte pour me regarder dans les yeux.

« Pourquoi me parles-tu d'enfants, tout à coup ? Tu es... » L'espoir dans sa voix me dit tout ce que j'avais besoin de savoir.

« Non. Je ne pense pas. » *Pas encore*, j'ajoute silencieusement en caressant le début de barbe sur sa joue. « Je viens d'avoir une vision de l'avenir.

— Vraiment ? Qu'est-ce que c'était ? »

Je souris. « Tu verras. »

MERCI D'AVOIR LU *Le Danger de l'Alpha* ! Si vous l'avez apprécié, nous vous serions très reconnaissantes de nous laisser vos commentaires – ils sont très importants pour les auteurs indépendants.

DÉCOUVREZ un extrait du prochain livre de la série *Alpha Bad Boys* : *Le Trophée de l'Alpha* à la page suivante.

LE TROPHÉE DE L'ALPHA - EXTRAIT

En bonus, voici un extrait du prochain livre de la série *Alpha Bad Boys...*

Sedona

J'ouvre les yeux avec difficulté. Ils sont irrités et douloureux. Si je n'étais pas sous ma forme de louve, je les frotterais.

Où suis-je ?

J'essaie de bouger et me cogne contre des barreaux métalliques. *Oh, par le ciel.* Je suis dans une cage – *dans une putain de cage.*

Tout me revient brusquement. Je fais mon jogging matinal sur la plage de San Carlos, où je suis en vacances au Mexique pour une semaine. Lorsque je détecte l'odeur d'un autre métamorphe, je m'arrête et décris un cercle pour revenir sur mes pas et identifier qui c'est. Un homme lève le bras pour me saluer. Il s'approche tranquillement, mais ma nuque se couvre de chair de poule.

Je comprends qu'il va y avoir un problème.

Je pense aussi que j'ai de bonnes chances d'avoir le

dessus. Je suis la fille d'un alpha, et j'ai vingt-et-un ans ; je suis jeune, en forme. Et prête.

Le type s'arrête devant moi avec un sourire amical. Il me parle en espagnol.

Je commence à répondre, *No hablo*, quand quelque chose de très pointu se plante dans ma nuque. Je mute instinctivement, par peur autant que par nécessité. Mon débardeur et mon jogging se déchirent lorsque je change de forme. Ma louve veut me protéger, mais je ne tiens déjà plus sur mes jambes, et ma fourrure blanche me tient bien trop chaud sous ce soleil. Je tombe sur le flanc dans le sable. Cinq hommes m'encerclent et baissent la tête vers moi.

Ensuite, mes souvenirs se brouillent. Je me souviens m'être réveillée dans une cage, qui a ensuite été placée dans le compartiment à bagages d'un avion commercial. Comme si j'étais un putain de chien. Un foutu animal de compagnie.

Merde.

J'ai mal à la tête et j'ai l'impression d'avoir la bouche remplie de coton. C'est pire que toutes mes gueules de bois, malgré mes trois ans de fac. Non que je sois une grosse fêtarde.

Enfin, j'aime bien faire la fête de temps en temps, mais comme tout le monde, non ?

Je me retourne dans l'espace réduit, mais impossible de m'installer confortablement. Un grondement naît dans ma gorge. Ma louve semble se préparer à bondir, même s'il n'y a aucun moyen de sortir de cette foutue cage. Je le sais, parce que je me souviens maintenant m'être déjà réveillée et avoir essayé plusieurs fois de me libérer. Bon Dieu. Je flotte entre conscience et inconscience. Depuis combien de temps suis-je là ? Douze heures ? Vingt-quatre ?

Je me trouve apparemment dans un vaste entrepôt.

D'autres cages sont alignées contre d'immenses étagères en métal – le genre utilisé dans les magasins de vente en gros. La plupart sont vides. Un loup noir maigrelet avec des yeux jaunes me regarde fixement depuis la sienne, allongé sur le flanc.

L'odeur d'un cigare emplit l'air. Des voix masculines parlent en espagnol de l'autre côté de la porte.

Je me rappelle avoir vomi dans ma cage pendant le trajet cahoteux jusqu'ici, peut-être à cause de ce qu'ils m'ont injecté. Quelqu'un a nettoyé, en me parlant en espagnol d'une voix douce et rassurante. J'ai montré les dents et essayé de lui arracher la main, mais il a planté une nouvelle aiguille dans mon cou, et j'ai replongé dans un profond sommeil.

La porte s'ouvre brusquement, laissant un filet de lumière s'infiltrer depuis le couloir. Les voix s'approchent et un groupe d'hommes se rassemble autour de ma cage. Je reconnais les enfoirés qui m'ont enlevée sur la plage.

Si j'étais intelligente, je reprendrais forme humaine pour leur poser des questions. Savoir qui ils sont, ce qu'ils me veulent. Mais ma louve n'a aucune envie de discuter.

Je veux me redresser, mais mon dos et ma tête se cognent contre les barreaux au-dessus de moi. La cage est trop petite pour que je me lève complètement. Je retrousse mes babines et montre les crocs. Un grondement meurtrier s'échappe de ma gorge.

« *Que belleza, no* ? » demande un des hommes.

À en juger par leur odeur, ce sont tous des loups. Et la manière dont ils me déshabillent du regard déclenche un frisson glacé le long de mon échine.

Je fais claquer mes mâchoires contre les barreaux en grondant, mais les hommes ne me prêtent pas attention. Ils soulèvent ma cage et la portent dehors jusqu'à une camionnette d'un blanc immaculé. Ils ouvrent les portes du coffre et me placent dedans.

Je me jette à nouveau contre les barres de la cage en aboyant et en grondant.

L'un des hommes s'esclaffe. « *Tranquila, angel, tranquila* » Il claque les portes pour les refermer, et je me retrouve à nouveau seule.

LE TROPHÉE DE L'ALPHA
(PROCHAINEMENT !)

MA CAPTIVE. MA COMPAGNE. MON TROPHÉE.

Je n'ai pas ordonné la capture de la belle louve améri-
caine. Je ne l'ai pas achetée aux trafiquants. Je ne voulais
même pas la marquer. Mais aucun métamorphe n'aurait pu
résister à cette épreuve : passer une nuit de pleine lune
enfermé dans une pièce avec Sedona, nue et attachée au lit.

J'ai perdu le contrôle ; je l'ai non seulement possédée, mais
aussi marquée, et elle est enceinte de mon louveteau. Je ne
la garderai pas prisonnière, même si j'en ai envie. Je la laisse
s'échapper et retrouver la sécurité de la meute de son frère.

Mais une fois marquée, aucune louve n'est réellement libre.
Je la suivrai jusqu'au bout du monde, s'il le faut.

Sedona m'appartient.

REMERCIEMENTS

Merci à Aubrey Cara, Katherine Deane et Margarita pour leurs bêta-lectures ! Merci à Margarita pour le contrat.

ÀPROPOS DE RENEE ROSE

RENEE ROSE, AUTEURE DE BESTSELLERS SUR LA LISTE DE USA TODAY, adore les héros alpha dominants qui ne mâchent pas leurs mots ! Elle a vendu plus d'un million d'exemplaires de romans d'amour torrides, plus ou moins coquins (surtout plus). Ses livres ont figuré dans les catégories « Happily Ever After » et « Popsugar » de USA Today. Nommée *Meilleur nouvel auteur érotique* par Eroticon USA en 2013, elle a aussi remporté le prix d'*Auteur favori de science-fiction et d'anthologie* de Spunky and Sassy, celui de *Meilleur roman historique* de The Romance Reviews, et les prix de *Meilleur roman de science-fiction, Meilleur roman paranormal, Meilleur roman historique, Meilleur roman érotique, Meilleur roman avec jeux de régression, Couple favori* et *Auteur favori* de Spanking Romance Reviews. Elle a fait partie de la liste des meilleures ventes de USA Today cinq fois avec plusieurs anthologies.

Abonnez-vous à la newsletter de Renee pour recevoir des scènes bonus gratuites et pour être averti·e de ses nouvelles parutions !

**Renee adore être en lien avec ses lectrices et lecteurs !
Entrez en contact avec elle :**

    **Blog | Twitter | Facebook | Goodreads | Pinterest |
Instagram**

OUVRAGES DE RENEE ROSE PARUS EN FRANÇAIS

Alpha Bad Boys

La Tentation de l'Alpha

Le Danger de l'Alpha

L'Amour dans l'ascenseur (Histoire bonus de La Tentation de l'Alpha)

Wolf Ranch

Rough

À PROPOS DE LEE SAVINO

Lee Savino, auteure figurant sur la liste des bestsellers de USA Today, écrit des romans d'amour « brixy », c'est-à-dire « brillants et sexy ». Vous pouvez la trouver en train de rôder sur le groupe Facebook « Goddess Group » ici : https://www.facebook.com/groups/107347986339913/, ou sur sa page d'auteure là : https://www.facebook.com/Lee-Savino-Auteur-110048237376905/

Publié aux États-Unis d'Amérique

Renee Rose Romance et Silverwood Press

Éditeur :

Kate Richards, Wizards in Publishing

Ce livre électronique est une œuvre de fiction. Bien que certaines références puissent être faites à des évènements historiques réels ou à des lieux existants, les noms, personnages, lieux et évènements sont le fruit de l'imagination des auteures ou sont utilisés de manière fictive, et toute ressemblance avec des personnes réelles, vivantes ou décédées, des établissements commerciaux, des évènements ou des lieux est purement fortuite.

Ce livre contient des descriptions de nombreuses pratiques sexuelles et BDSM, mais il s'agit d'une œuvre de fiction et elle ne devrait en aucun cas être utilisée comme un guide. Les auteures et l'éditeur ne sauraient être tenus pour responsables en cas de perte, dommage, blessure ou décès résultant de l'utilisation des informations contenues dans ce livre. En d'autres termes, ne faites pas ça chez vous, les amis !

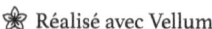 Réalisé avec Vellum